やんちゃな
異世界王子たちと
アウトドアで
キャンプ飯！
2

朝陽ゆりね

この作品はフィクションです。
実在の人物・団体・事件などに
一切関係ありません。

やんちゃな異世界王子たちと
アウトドアでキャンプ飯！
2

目次

やんちゃな異世界王子たちとアウトドアでキャンプ飯！2

俺は三桝晃司《みますこうじ》。都内在住の大学四年生。

今から二十日くらい前、俺は夏休みを利用して、ソロキャンプをしようと丹沢山《たんざわさん》に登った。

ところが、だ。

山中で、七色に光る木に遭遇。

その光に包まれた瞬間、強い衝撃を受けて吹き飛ばされた。

で、気づいたら、知らない場所にいた。

だが突飛な出来事はそれで終わりではなかった。

真っ黒なドラゴンが出現し、猛烈な風が起こってまたしても吹き飛ばされたのだ。

次に気づいたら幼い子ども二人と一緒にいた。

彼らの説明では、この世界は『ピースリー』という名の異世界で、二人はファイザリー王国の王子だという。

さらに、俺たちが立っている場所はファイザリー王国ではないとのことで、のちにソラン二王国という、ファイザリー王国から一番遠い国だということがわかった。

俺は、一回目は自分の世界から異世界ピースリーに、二回目はピースリー内で瞬間移動したことになる。

異世界って……自分で説明していて、なにを言ってるんだお前、ってツッコミ入れたいんだけど。

一緒に飛ばされた子どもは、ファイザリー王国の王子様兄弟。

七歳のアデル・ドューア・ファイザリー王子と、三歳のナリス・トゥワス・ファイザリー王子。

アデルは子タレになれそうなほどのイケメンで、金髪に緑色の目をしている。

立派な王様にならなきゃいけないって思っている勉強熱心な王子様で、次期国王だという気持ちからか、ちょっと背伸び感のあるしっかり者だ。

弟のナリスも金髪だけど、目は青色をしている。

こっちも負けずにイケメンだが、まだ三歳だから、超かわいいって感じ。あ、もうすぐ四歳だって言ってたっけ。

とにかく人懐っこい、かわいい子だ。

俺たちと一緒にいる白いライオンの子どもみたいなのが聖獣のパウパウ（ナリス命名）で、背にはアヒルのような翼、頭からは触角が生えていて、先っぽにはピンポン玉みたいな丸いものがついている。

なんだかよくわからない、出来損ないのキマイラみたいなんだが、もふもふ感がすごいし、めちゃくちゃ強くて頼もしい。

鉤型《かぎがた》の爪がついている前足の指からビームを放って、相手を一瞬で倒してしまう。

俺が作るキャンプ飯《めし》を食わせてやる代わりに、ファイザリー王国まで同行してアデルやナリスを守ってくれることになった。

もう一匹はピノ（俺が名付け親）。

見た目はまったくのヒヨコ。ただし、足には水かきがついている。そして身長が三十センチくらいある。

三十センチのヒヨコって、どうよ？

ナリスとパウパウが拾ってきた卵が割れて出てきたのだが、どうやら俺を親だと思っているらしい。

パウパウは会話ができるが、ピノは「ピヨ！」としか言わない。

ただの鳥かとも思うものの、パウパウが言うには、普通の鳥ではないけれど、聖獣か魔獣かわからない、とのことだ。

生まれた時は聖魔の力が混濁《こんだく》していてはっきりせず、ある程度成長して安定して明確になる種族もいるらしい。でもそれであっても、魔力の気配はあるそうだ。

ピノにはまったくなく、だけど一般の獣でもない気配ってことで、成長したらいったいどんな感じになるんだろう。

パウパウはよくわからない存在だって怪しんでいるふうだが、デカいだけで無害そうな外見だし、かわいいし、俺にめちゃくちゃ懐いてるし、成長したってきっと大丈夫だと思う。

……たぶん。

俺たちはこういうパーティーでファイザリー王国を目指している。

このピースリーには七つの国が存在していて、関東甲州地方の位置関係に近い。

ソランニ王国が埼玉の位置で、マンガン王国が山梨の位置、ピラウン王国が東京で、メジロス王国が神奈川、クチュリ王国が静岡、マリウン王国が岐阜。二人の祖国であるファイザリー王国は神奈川と静岡の下に位置している。

俺たちはソランニ王国と隣接しているマンガン王国に入り、そこからさらに国境を越えて、今はマリウン王国にいる……はず。

というのも山の中だし地名なんて知らないから、明確にここが国境ってわかるものがない。

山道に立てられている標識柱にある象徴紋《しょうちょうもん》が変わったから、そう考えているんだけど。

飛ばされた場所が、三国が隣接する位置だったのですぐに国境を越えられた。これから次の国に行くにはけっこう時間がかかるだろう。

マリウン王国に入って五日くらいが経つものの、まだ山から出ていないので、この国がどんなところかはわからない。

早く二人を祖国ファイザリー王国に帰してやりたいんだけど、なにせ徒歩だからさ、なかなか進まないんだよな。

ファイザリー王国まで、いったいどれくらいかかるんだろう。

バシャリと水の音がしたと思ったら、

「つめたーい！」

と、ナリスの大きな声が響いた。

「待てよ！　ナリス！」

「にーたま、はやくぅ」

また、バシャリと響く。今度はアデルが飛び込んだようだ。

沢に沿って歩いていたら滝つぼに出くわした。青緑色の綺麗な水面《みなも》と、流れ落ちる水しぶきに光が当たって七色の虹が美しい。

けっこうな日差しだし、朝からずっと歩いていたし、ってことで、ここで休憩することにしたんだが。

「わ！　冷たい！」

「きゃははははっ」

ナリスは三歳だから水辺は心配なんだが、パウパウがいてくれるからなにかあっても助けてくれるだろう。

そしてこの二人、泳ぐのうまいんだ。

マンガン王国で知り合った、侯爵のアンドリューさんに誘われて大衆銭湯《せんとう》に行った際も、プールみたいに広い湯船の中を自由自在に泳いでいた。

「それぇ！　にーたま、どうだぁ」

「痛いじゃないか、やめろって」

ナリスが水を掴んでアデルに投げつけている。

いくら水でも、当たったらそれなりに痛いだろうなぁ。

「それぇ！　そーれぇー！」

「やめろってば、ナリス」

「きゃはは」

「仕返しだ！」

今度はアデルが反撃に出た。

「あたらないもーん」

バシャバシャと水音を立てながらナリスが泳いで、アデルとの距離を取る。それを追いかけるアデル。

雪合戦ならぬ水合戦状態で滝つぼの中を泳ぎ回って騒いでいる。

楽しそうだなぁ。

大きな声で笑っているナリスは、俺の視線に気づいたのか手を振ってきた。

「コージぃ！」

「おう、どうだ？　気持ちいいか？」

「きーもーちぃーー！　コージぃもおいでよぉー」

「あとでな」

俺も振り返すが、昼食の用意があるから水泳はあとだ。その代わり、パウパウとピノが滝つぼに飛び込んだ。

「きゃーーー！」

ドボーン！　とひと際大きな水音がして、でっかい水柱が起こった。

大粒の水滴が降ってくるのが楽しいようだ。

「ピノ、およぐのうまーい」

ピノが水面をススーっと流れるように泳いでいるが、足には水かきがあるから、そりゃうまいだろう。

でも……ってことは、やっぱり水鳥系なのかな？　外見はヒヨコなんだけど。

ナリスが滝つぼから出てきたと思ったら、また大きな岩の上にのぼり、飛び込んだ。

パウパウの飛び込みを真似たようだ。

水しぶきの中でキャーキャー言っている。最高の笑顔にこっちの気持ちもあったかくなってくる。

俺も混ざって遊びたい気もするけれど、昼メシを作らないと。

簡単なサンドイッチだけにしようと思っていたが、水遊びで体が冷えるから、温かいスープがあったほうがいいだろうな。

ジャガイモ、ニンジン、タマネギ、鶏肉を小さめに切って、塩、コショウ、ショウガ、ニンニク、クミンで味付けた具だくさんのスープだ。

「にーたまー、コージぃー、すっごーくきれぇだよぉー！」

声に反応して顔を上げると、パウパウの背中に乗ったナリスが両手を振っているのが見えた。

パウパウはアヒルみたいな翼をパタパタさせながら滝のてっぺんに向かって飛んでいた。

アデルとナリス、二人一緒に乗せて飛ぶのは無理みたいだ。

「たかーーいっ」

「落ちるなよー」

「はーーーい」

アデルとナリスの楽しそうな会話が響いている。

滝からあがる水しぶきに光が当たって虹が見える。風が吹くと虹は揺らめき、まるでオーロラみたいだ。

のどかだなぁ。

いいんだろうか、こんなにのどかで。

ファイザリー王国は遠くて、無事に着くことができるのだろうかって不安になってしまうんだけど、そんな気持ちを吹き飛ばしてくれる笑顔と笑い声だ。

「コぉーーーージーーーーーぃ！」

ナリスが両腕をいっぱいに広げて振っている。

「…………」

急にジーンと込み上げてくるものがあって、俺は反応できずにじっと二人を眺めていた。

「コぉーージーーーぃっ！」

「コージー！」

アデルも手を振っている。

なんか……沁《し》みてくる。

もっと気楽に、楽しみながら旅をすればいいのかな。

そうだよ、俺。二人のあの笑顔が答えじゃないか。

悩むな。

なんとかなるって！

「おーーーーーー！」

俺も同じように腕を振り上げて応えた。

それからしばらくしてパウパウが降下を始める。水面近くまで来ると、ナリスが尻から飛び込んだ。ドボンと大きな水しぶきが起こる。

「こんどはにーたまのばん」

パウパウが水面ギリギリの位置まで来たらアデルが登って背に跨《また》がる。そして上昇を始めた。

「わぁーー！」

水音に混じってアデルの感嘆の声が響いてくる。崖のてっぺんに行ったらまた降下を始めた。

交代して、またナリスが背に跨がった。

アデルは上昇するナリスを見送ると、スイスイと泳いで、時折潜ったりしている。

それをしばらく繰り返して、俺の傍に戻ってきた。

「体、冷えただろう。スープ飲んであったまれよ」

「うん」

「はい！」

二人同時に返事をしてタオルで濡れた体を拭き、服を着たら石の上に座った。

さて、昼食だ。具だくさんのスープはクミンの香りが食欲をそそる。

「おいしいおいしいキャンプめしぃ〜、コージぃのごはんはとーってもおーいしぃおーいしぃ、さーいこーなのぉ〜！」

ははっ、そんなふうにデカい声で歌われたら恥ずかしいけど。でも、うれしい。

ナリスはどうも歌が好きみたいで、すぐにこうやって歌うんだ。

王子様じゃなかったら、ミュージカル俳優になりそう。

「いただきまーすぅ！」

「いただきます」

『いっただっきまーすっ！』

ナリス、アデル、パウパウが手を合わせて合唱する。

俺の習慣がすっかりみんなに根づいてしまった。

ピノは俺の足もとで草を食《は》んでいる。

「おーいしぃ！」

ナリスがまた叫んだ。

「そっか？　よかった」

「コージぃはしっぱいしない」

「そんなこともないよ。でも、ヘタに弄《いじく》り回すより、シンプルなほうが成功率高かったりするんだよ」

ちょっと難しかったようで、ナリスは曖昧《あいまい》な表情を浮かべて首を傾げ、それからスプーンを口に運んだ。

モグモグしながら、うんうんと頷いている。うまいと納得しているのだろうか。表情豊かで本当にかわいい。

「パンのおかわりあるから。スープにつけずにバターを載せて食べてもいいし」

はーい、と二人と一匹が元気よく返事をする。

表面をカリッと焼いたところに、溶けて染み込むバターの芳《こう》ばしい香りがいいんだ。シンプルだけど、うまい。

「チーズもおいしいな」

アデルがチーズを火で炙《あぶ》ってパンで挟み、大きな口をあけて食いついている。

確かに溶けかけた炙りチーズはうまいんだよ。

「ひでとろとろーってなってぇ、やわらかくなってぇ、びよーんってのびてぇ、おいしい！」

「そうだな。びよーんって伸びるよなぁ」

「あ！」

「なんだよ」

「にーたま、びよーんっていったぁ」

「ええ!?　僕だってそれくらい言うよ」

「そーおぉ？　にーたま、いいそーにないけどぉ」

「……そっかなぁ」

ナリスのツッコミに、アデルは照れくさそうにして横を向いた。

なんか、会話が面白い。

「スープぅ、うまうまぁー」

「それは王子としての言葉遣いじゃないぞ」

「うまうまぁー」

「ナリス」

「うまうまぁー」

やっぱり面白い。

つかさ、ナリスのやつ、最近アデルが細かいことを言わなくなったのをわかってやってるよな。

俺から見てもアデルは年相応になってきたかなって思うんだから、弟のナリスが感じないはずがない。

　それにしてもナリス、甘えるのがうまいな。

「野菜もいっぱい食べろよ」

「はい！」

「嘘つけ。キュウリ、ピノにやったの見てたんだからな」

「えー」

　確かにナリスの足もとにはピノがいて、キュウリを食べている。

「コージからも言ってよ。こいつ、生の野菜は全部ピノにやってしまうんだから」

「ピノがおいしーおいしーってたべてるからぁ、あげてるんだよぉ――あたっ」

　アデルのゲンコツがナリスの頭に落ちた。

「だから、嘘をつくなって。お前が嫌いだからピノにやってることはバレてるんだ」

「ううう……」

　見ていて飽きないな。

「まあまあ、そんなに怒らなくても。生野菜を食べなくても、根菜とか、火が入ったものは食べるんだからいいじゃないか」

「そーだぁ、そーだぁ！」

「コージはすぐに甘やかすんだから。ダメだよ」

「ナリス、甘やかしたらダメだって。ちゃんと食べよう」

「えーーーー」

ぷぅっとほっぺたを膨らませた。

俺が人差し指で膨らんだほっぺたをツンと突くと、プシュッと萎《しぼ》んだ。

が、またすぐにプッと膨らんだ。俺がまたツンと突くとプシュッと萎む。すかさずプッと膨らむ。俺がツンと突くとプシュッと萎む。

また……ってことを続けていると、六回目くらいでアデルが、ふふふっ、と笑いだした。

「アデル？」

「あはははははっ。おかしい！　わかったよ、ナリス、もう言わないよ」

「にーたま、ホントぅ？」

「ああ。言わない。だからもう、そのふくれっ面《つら》やめろよ。そういうの王子らしくないから」

「やったぁー！」

無邪気に喜ぶナリスだが、斜め薄切りのキュウリが出てきたら、少し考えるようにそのキュウリを睨み、それからパンごとパクリとかぶりついた。

イヤだとかなんとか言って抵抗はするけど、食べないといけないことはわかっているみたいだ。

アデルの言うことをちゃんと聞くんだから、いい子だ。

「ねぇねぇコージぃ」

「ん？」

「ごはんたべたらぁ、しゅっぱつするのぉ？」

？　急にどうしたんだろ。

「なにかあるのか？」

ナリスは言おうかどうか迷っているような感じでアデルに顔を向けてから、また俺に戻した。

「コージぃといっしょにあそびたい。コージぃみずのなかにぃ、はいらなかったからぁ」

……なるほど。

「だめぇ？」

よほど水遊びが楽しかったんだな。そりゃそうか。『シアタル亭』を出てから約十日、ちょっとでも進みたいと思って、ずっと歩いてたもんな。まぁ、子どもの足なんでそんなに進んでいないけど。

ナリスはパウパウの背に乗って、自分の足ではほとんど歩いていないものの、遊びに時間を取ることはなかったから。

それにさ、かわいらしく首を傾げる姿を見たら、ダメだなんて言えないよな。

「よし、わかった。出発は明日にして、今日はここで、ぱーっと楽しく過ごそう」

「ほんとぉ!? やったぁーー! にーたま、きょうはあそぶぅ!」

「よかったな」

アデルもうれしそうに笑っている。二人のこんなに喜ぶ顔を見たら、ますます先を急ぐことばかり考えず、力いっぱい遊ぶ日があってもいいと思えてくる。

俺たちは和気あいあいとランチタイムを満喫《まんきつ》した。

「おいしかったぁ。ごちそーさまぁ」

すっかり『いただきます』も『ごちそうさま』も覚えてくれている。

行儀よく(もともと二人は行儀がいいし、立ち居振る舞いは優雅だ。さすが王子様)食事を終えると、ナリスはパウパウと昼寝しにテントに向かった。

「じゃ、俺たちは洗い物だな」

「うん」

二人で使用済みの食器や調理道具を運び、沢の水で洗う。

俺が汚れを落とし、アデルが拭いていく。息の合った連係プレーであっという間に終わった。

「ホント、アデルはしっかり者だよ」

「そっかなぁ。そんなことないと思う。侍従《じじゅう》のアルマや教育係のバリカには、褒めてもらったことないよ」

「その侍従や教育係がおかしいんだ。俺が七歳の時は口ばっかりでなにもできないヘボだったから。アデルは立派だ。俺が断言する」

「言いすぎだよ」

照れくさそうに笑うが、ホントだって。

出会った時は、立派な王様にならないといけないという気持ちが強かったようで、わがままや弱音を吐いちゃいけないと頑張ってる品行方正な王子様だったけど、さすがに二十日も王宮の生活から離れたら、かなり素《す》が出てきたようだ。

手先も器用で、焚き火で必要なフェザースティック（名前通り、枝を薄く削《そ》いで毛羽立《けばだ》て、鳥の羽根のようになっている火口《ひぐち》）も、うまく作れるようになった。

それに魚に串を刺すのも上達した。

口から串を入れたら、エラの下あたりで一度外に出し、魚をくねらせて腹に刺し、またくねらせて反対側に突き出す。

簡単なように見えるけど、滑るし、弾力もあるから、けっこう難しいんだ。アデルはコツを掴むのがうまいんだろうな。

助っ人として、めちゃくちゃ助かっている。

二人でとりとめのない話をしながら、ぼんやり周囲の景色を眺めているうちに、ガサガサと音がしてナリスが起きてきた。

「にーたま、コージぃ」

眠そうに目をこすっている。

「起きたか？」

「マウマウにのってぇ、さんぽしてたぁ」

やっぱ寝ぼけてるな。パウパウとマウマウを混同しているのだろう。

マウマウというのは、ナリスたちが飼っている聖獣の名だ。

アデルの話では、正確にはマウマウではなく、マウル、とのことだが、まぁそれはどっちでもいい。

まだ生まれて間もないらしく、子どもということなんだが、外見は翼を持った馬みたいで、卵から孵《かえ》ったそうだ。

聞いた感じではペガサスを連想する。だけど、卵から生まれるというので、どういう生態なのかとても疑問だ。

濡れたタオルを渡して顔を拭かせ、水を飲ませたら目がぱっちりとした。完全に起きたみたいだ。

「遠くまで行ったのか？」

「うーん、ちょっとぉ」

「ちょっとか」

「うん！」

胸を反らせ、元気いっぱい返事をする。

「コージぃ、おしろにかえったらぁ、いっしょにマウマウにのろうねぇ」

「マウマウってまだ子どもなんだろ？　俺とナリスが一緒に乗ったら怒るんじゃないのか？」

「あ、そーかもぉ」

「あのさ、二人とも、何度も言うけどマウマウじゃなくて、マウルだからな」

俺が名前のことをスルーしていたら、しっかりアデルがツッコミを入れてきた。

「マウマウ」

「母上がつけた名前はマウルだから」

アデルはナリスを睨んでから、呆れたようなまなざしを俺に向けてきた。

わかってるって。

「コージぃ、およごぉ。やくそくぅ！」

「そうだった」

俺が返事をすると、ナリスはパパパッと服を脱いで、滝つぼに向かって駆けだした。

慌てて服を脱いでナリスを追うが、一足早くナリスは滝つぼにジャンプし、尻から飛び込んだ。

ザブーン！　と大きな水柱が上がって、水しぶきが降ってくる。手で遮ろうとするが、もろにかぶってしまった。

そんな俺の横をアデルが抜き去って、同じように飛び込む。

また水しぶきが降ってくる。

俺も！

服を脱ぎ、二人を追いかけるようにして飛び込んだ。

バシャーン！　と大きな音と水しぶきが上がる。耳でそれを聞きながら、全身が水に包まれているのを感じた。

冷たい。けど、気持ちがいい。

そこから腕と足を動かして水面を目指した。

「うっぷ、うわ！」

顔を出して空気を吸おうとした瞬間、思いっきり頭を押さえつけられた。

「水攻めだ！」

「それぇーっ」

「わっ、わっ、やめやめっ」

二人が頭から乗っかかってくる。

俺は両手をバタバタと動かして逃げようともがいた。

だけど逃げられなくて水の中に沈んでから自由になった。

ふわりと浮き、間もなく水面に顔が出る。口を開けたら空気がいっぱい肺に入ってきて楽になった。

隣ではアデルとナリスが笑っている。

「こらー！」

「きゃーっ、コージぃがおこったぁー」

「逃げろー」

二人が一斉に泳いで逃げだした。

「待てーーー！」

「またないーー」

最初二人は同じ方向に逃げたが、少し先で二手に分かれた。ナリスの頭上をパウパウが飛んでいる。

普段は憎たらしいことを言ったり、食い意地が張っていたりするけれど、こういう時は頼りになるというか、ナリスの安全を見守ってくれているから助かる。

俺はアデルを追いかけて捕まえた。

「アデル確保！」

「捕まった～。コージ、泳ぐの速いよ」

「へへへ、俺も水泳得意だから。次はナリスだ！」

俺に捕まったアデルを指さして笑っているナリスは、自分の番だと理解してまた泳ぎ始めた。

「コージぃがおってくるぅー」

「待て待て待てー！」

「やーだぁ、またないっ」

ジャバジャバジャバとナリスが泳いでいる。

でも、さすが俺、あっという間に追いついた。

「ナリス、ゲットーー！」

「きゃー、つかまったぁーー。コージぃ、はやーいっ」

「そーだろ。へへ」

ナリスを小脇に抱え、ナリスの頭に自分の頭をくっつけてグリグリする。ナリスはキャーキャー言って大喜びだ。

アデルとナリスが、パウパウを水上バイク代わりにして楽しんだり、しっぽに掴まって泳いだり。

けっこう長い間、水の中で遊んでいたが、疲れたのかナリスがパウパウの上でウトウトし始めたこともあって、水遊びは終了。

滝つぼから上がったら焚き火で温まりながらホットミルクを飲むと、ナリスはすっかり寝てしまった。

隣のアデルも眠そうだ。あれだけ遊んだらそりゃそうだろうな。

「アデル、ナリスを連れてテントで寝てこいよ。夕食まではまだ時間があるから」

「うん。そうする」

アデルがナリスをおんぶしてテントに消えたら、俺はコーヒー豆を取りだした。

「あ、ラス一か」

子どもにカフェインはよくない。けど、見つけたら絶対飲みたいってゴネると思う。だから一人の時に飲んでいたんだけど、さすがに二十日も経つとなくなるよな。

豆を煎《い》る、挽《ひ》く、という大好きな工程を経て、コーヒーを淹《い》れた。

「あー、うまい」

香りも味もサイコー。

これが最後の一杯だと思うと、ますますだ。

旅の最中にコーヒーを栽培している地域とか、コーヒーを楽しんでいる地域とかに出会えたらいいのになぁ。

なんて思いながらラストコーヒーを味わっていたら、なにやらガヤガヤと騒がしくなってきて、間もなく人が現れた。それも一人や二人ではなく、何人も、ぞろぞろと。

なんだろ。なんかのツアー客かな。

全部で三十人くらいかな。年齢、性別、体格、雰囲気、バラバラだ。

「ではここで一休みしましょう」

先頭の中年の男が言うと、集団はそれぞれ思う場所に腰を下ろし、休憩を始めた。

座り込んで水筒の飲み物を飲む者、滝つぼに近づいて足先だけ浸かる者、草の上に寝転がって休む者。

特に目につくのは大柄で筋肉質の男の四人組だった。

その中に特にすごいのがいる。ラグビーやアメフトの選手みたいな感じで見るからにワイルドだ。

一緒の三人はそこまでではない。二人はガテン系の仕事をしていそうな感じ。最後の一人は長身に細マッチョ、金髪碧眼、すごいイケメンで目を引く。

他の人たちはごく普通なので、この四人は目立つ。

「君たち、ここで野宿してるの?」

中年のおばさんコンビが話しかけてきた。

野宿……ピースリーにはキャンプって概念がないのかな。『シアタル亭』のみんなやアンドリューさんたちも驚いていたし。

「まぁ、そんなとこ。おばさんたちは？」

「私たちは宝探しツアーに参加しているのよ」

「宝探し？」

おばさんたちが「そーそー」と言って俺の正面に腰を下ろした。

「この辺りには財宝が隠されてるって言い伝えがあるそうでね。この先の村を拠点にして、宝探しをするのよ」

「へぇ」

なんか徳川《とくがわ》の埋蔵金《まいぞうきん》みたいだな。

「この山の麓《ふもと》に貴族の大きなお屋敷があったそうなの。今はないんだけどね。二百年くらい前に起きた暴動の際に、どさくさに紛れて盗賊が盗みだして、で、この山のどこかに隠したって言われているそうなのよ」

と、もう一人のおばさんが説明してくれる。

二百年前って……それはかなり眉唾物《まゆつばもの》だと思うなぁ。

「その盗賊は捕まって刑に処されたらしいんだけど、隠された財宝はどれだけ探しても見つけられなかったそうでね」

「へぇ。それで？」

と、相槌《あいづち》を打つ。

「それ以来、多くの人が、我こそはって感じで宝探しをしているのよ」

「ツアーもあるから参加しやすいし。でも、この時期は隠されたっていう場所に一番近い、ルルマ町では、年に一度のお祭りが開かれるっていうから、いろいろ楽しそうだから参加したのよ」

「祭りですか」

「明日から三日間ね。すごく賑わっているのよ」

「そうなんだ」

祭りか、それは楽しそうだ。アデルやナリスもきっと喜ぶだろう。覗いてみるか。

なんて考えていたら、二人が起きてきた。

「コージ、これ、どういう状況なの？」

アデルが驚いたように周囲を見渡している。ナリスも目を丸くして、アデルの手を握っている。

「宝探しのツアー参加者らしい」

「宝探し？」

「ああ。しかも、メイン地になってる町では、明日から年に一度のお祭りなんだって。どう？　行ってみる？」

途端に二人の目が輝いた。

「行く！」

「いきたーいっ」

決まりだな。

「だけど」

と、おばさんの一人が心配そうな顔をして話しかけてくる。

「町は観光客で大賑わいだから、今からじゃ宿は取れないと思うのよ」

「宿？　俺たち、キャンプしながら旅をしているので、宿泊場所は不要です。あ、そうだ、その町、予約とか宿泊客じゃなくても、食べるものを売ってもらえるお店はありますか？」

おばさんは目を丸くしながら頷いた。

「たくさんあると思うけど……」

「だったら大丈夫です。なっ」

「うん！」

アデルとナリスに向けて言うと、二人は同時に返事をした。

それを見ておばさんたちの顔が少し緩んだが、それでもなぜ俺たちが平気なのかピンとこないみたいだ。

「今、キャンプしながら旅をしているって言ったけど、キャンプっていうのはなんなの？」

やっぱり。

「テントなんかを張って野外で生活をすることです。そのための道具を持っているんです。あんまりにも寒い時とか、大雨なんかの時は困るんですが、たいていはしのげるんで」

「そうなの。でも、子どもだけで屋外で過ごすなんて危険じゃないの？」

「それも大丈夫。力強い味方がいるから」

俺の返事を聞いていたかのように、パウパウがやってきた。

様子を見て傍に来たのかと思ったけど、違うみたいだ。俺の服の裾に爪をひっかけて引っ張る。

『コージ、お腹減ったよ』

「お前、まだ夕方だぞ。夕飯には早すぎるだろ」

『おやつ欲しい』

おいおい。

「聖獣じゃないの!?」

「あなたたち、聖獣と一緒に旅をしているの？　すごいわ」

おばさんたちが驚く様子に、パウパウは得意げな顔を俺に向けてきた。

どうだ！　って言わんばかりだ。

「どうちゅうでなかよしになったぁ。パウパウっていうのぉ」

「あら、そうなの。パウパウね」

「ぼうや、お名前は？」

「ナリス」

「ナリスね。いい子ねぇ」

「えへへ」

ナリス、やっぱり人懐っこい。というか、人たらしだな、この子は。

ちらっとアデルを窺《うかが》ったら、特に怒っている様子もない。

こっちは慣れたな。

「この子たちは兄弟よね？　あなたは……」

「友達です」

と、言ってみたものの、おばさんたちのまなざしはどうも疑っている感じが否《いな》めない。

確かに、ピースリーでは見かけない外見らしいけど、俺。

おばさんたちとそんな会話を交わしているうちに、休憩終了の時間がきたらしく、ガイドのおじさんが集合の掛け声をかけ始めた。

おばさんたちも立ち上がる。

「一緒に行くのよね？」

「まだ片づけがあるので。終わったら追いかけます。俺たちにはパウパウがいるんで大丈夫です。余裕で追いつけます」

「そお？　じゃあ、お先ね」

二人を見送り、俺たちはテントや焚き火の片づけを始めた。が、なんか視線を感じて顔を上げると、例の、体格がいい四人組の男たちと目が合った。

なんだろ、俺たちを見ていた？

「コージ、終わったよ」

アデルの声にハッと我に返った。

「ああ、よし、行こうか」

「はーい」

「うん」

ナリスはいそいそとパウパウの背に登り、俺たちの前を歩く。アデルは俺の横。反対側にはピノがいる。

ツアーから少し離れてついて進み、小一時間くらい経ったろうか。急に前がひらけた。

「わぁ、町だ」

「ほんとだぁー」

なだらかな下り道の先に町があった。ここがルルマ町なんだろう。

ずっと山の中だったから、人の営《いとな》みに懐かしさを覚える。

山の麓《ふもと》の村を出発して以来だもんな。ずっと山の中で、人にすら出会わなかったんだから。

「ひとぉ、いっぱい」

「明日から年に一度のお祭りだそうだから、いろんなところから観光客が来てるんだって」

「まつりぃ？」

ナリスが首を傾げた。

おいおい、さっき行きたいって言ったのに。さては、よくわからないまま反射的に同意したな。

「そ。みんなでぱーっと遊ぶんだ」

ナリスの目が、ラン！　と輝いた。

「あそびぃ！」

「コージ、お店がいっぱい開いてる。食べるものを買おうよ。もうほとんどないんだ」

「俺もそれを思ってたよ。いよいよ狩りかって観念してた」

「コージ、魚以外はダメだもんね。でも、魔獣は倒してた」

「あれはマジでヤバかったから。けど、それもこれもアンドリューさんがくれた魔石銃のおかげだけどな」

アンドリューさんが餞別《せんべつ》に魔石銃をくれた。しかもセットしている魔石は金色の最高級品だ。すごい威力で、ヒグマみたいな魔獣を一撃で倒してしまった。

今も腰に下げてるけど、人に見られたくないので服で隠している。

俺たちは今夜の食事を買うべく連なる店を見回った。

食材を買い込むのはここを発つ時でいいだろう。町に滞在している間は、出来合いを買えばいいし、店で食べてもいいし。

町は祭りの準備に追われている町人と、それを目当てに集まってきている観光客で、うるさいほど賑《にぎ》やかだ。

屋台もたくさん出ているし、うまそうな匂いが至る所でしている。パウパウじゃないが、俺も腹が減ってきてて、盛大に腹の虫が鳴きそうだ。

パウパウを連れているとマズいかなと思っていたけど、意外にそんなことはなかった。マンガン王国では注目の的だったのに。これもお国柄？

「コージぃ、あれ、たべたい」

「ん？」

「あのほそながいのぉ」

ナリスが指さすほうを見ると、長いソーセージに棒を刺して焼いている屋台があった。

「僕はあの店がいいなぁ。お好み焼きっぽくない？」

アデルが言った屋台では、鉄板に白い生地を丸く流し、そのうえに千切りしたキャベツを載せ、玉子を一個ずつ割り入れて、しばらく放置。

その後、二つ折りにして、また少し置いてからひっくり返す。

それを皿に載せ、サラッとしたソースをかけて客に出している。

お好み焼きというより、関西にあるキャベツ焼きって感じだな。

「そうだな。じゃあ、ナリスはソーセージで、アデルはお好み焼きもどきでいいか？　他に食べたいものは？」

「あれもたべたいー」

でっかい肉を吊して焼いている。キッチン台には各種の野菜とバンズがあるので、トルコ料理のドネルケバブみたいだ。

「僕はあのお店のがいい」

アデルが見ているのは揚げ物の屋台だった。

フィッシュ&チップスと鶏のから揚げ、かな。

「油で揚げるのはコージのキャンプ飯じゃ無理でしょ」

「油を持ち運べないからな。よし、じゃ、それぞれ買って分けながら食べよう」

二人はうれしそうに頷いた。

店で食べてもいいかなって思ったけど、想像以上に賑わっていて、どの店も混んでいる。

俺たちにはパウパウとピノもいるし、テイクアウトしたほうがいいかなって思う。

それにすれ違った人が、高いなぁって話してるのを聞いたもんで。

食べ物を買うために、まずは換金所《かんきんじょ》に向かった。

アデルたちと出会った時、二人は宝石のボタンがついた立派な服を着ていた。その宝石を旅の軍資金にしている。

一番小さな宝石を換金し、いざ買い物！

二人がリクエストしたものと、それらの味違いのもの、最後に飲み物を購入した。

パウパウはなんでもいいって言うから、とにかく量を確保する。

買い物が終わったら、テントが張れそうな場所を探した。

「コージ、川があるよ」

河原はそんなに大きくないけれど、テントを張るには充分の広さだ。大小の背丈の木も生えているし、いい感じだ。

「テント張るぞー」

「おーー！」

三人で手分けをしてテントを張り、土を掘って石を並べて焚き火の準備をする。

ナリスとパウパウが水を汲んできてくれたので、湯を沸かして簡単なスープを作る。

子ライオンのようなパウパウが水を汲《く》んで運ぶって思うだろうけど、あいつ、変身できるんだよな。

人間の姿に化けて細かな作業を手伝ってくれることがある。でもかなり気まぐれだから、頼んでもイヤな時はイヤだって言って、いくらお願いしても無視するんだが。

やるべきことを終えて、さぁメシ！　って段になって、後方から声をかけられた。

例のガテン系四人組だった。

体にマントを巻きつけているが、体格のよさ、筋肉バキバキの様子は隠せない。

一人はどう見ても百九十センチは超えているだろう。筋骨隆々で、すごい迫力を感じる。

二人目は百八十センチ前後だろうか。キリッとしていて金髪碧眼で、自由に遊ばせている金髪が風に靡《なび》いてめちゃくちゃかっこいいんですけど。男の俺でも見惚れるレベル。スラリとした体形で細マッチョって感じだ。

三人目はこめかみにけっこう大きな傷跡があって、なんか目つき怖いし、人相ワル～って感じ。

最後の一人は俺と同じくらいの身長で、百七十五、六センチくらいかな。この人も人相が悪くて、ちょっとお近づきになりたくないな。

多少の差はあるだろうが、四人ともアラサーに見える。

「お前ら、こんなところで野宿か？」

そう言ったのは、一番背の低い人相の悪い男だった。

「はい」

「宿は取らなかったのかよ。ガキばっかで野宿なんて物騒《ぶっそう》だろ？」

「キャン……えと、野宿と決め込んでいたので。それにさっきこの町が明日からお祭りだって知ったんで、今から探してももう空《あ》いてないと思うんです」

男は「へえ」と言って俺を上から下まで舐めるように見る。

なんかイヤな感じ。

「お前、そっちのガキどもと人種が違うなぁ。それに、そもそも見たことのない容姿だ。それに聖獣を連れているだろ」

「……ええ、まあ」

「魔法使いかよ？」

…………………へ？

「魔法使いじゃねぇのか？」

え……魔法使い？

あんまりにも意外、というか、突拍子もない言葉だったので、俺は完全に固まってしまった。

「魔法、使い？　なんで？」

「なんでって、お前が聖獣を連れているからだろ。こいつ、まだ成体になりきっていないが、かなりランクの高い種族だ。そんな聖獣を連れてるって、魔法を使いこなせる魔法使いくらいしかいねぇからな」

かなりランクが高い？　ホント？

食い意地張ってて、ちょい意地悪いのに？

いやいやいや、それよりも魔法使いだよ、魔法使い。

アデルの話では、魔法を使えるのはピースリー創世に関わったとされる一部の人間の子孫で、それは王族とか、教皇《きょうこう》とか、なんかものすごく特別感満載の人たちだけだ。

それとも、異世界からやってきた者は、その『ものすごく特別感満載の人』に当てはまるのだろうか？

…………俺、ぜんぜんそんな感じとか、雰囲気とか、気配とか、ないんだけど？

「そういえば」

と、もう一人の、こめかみに傷がある人相の悪い男が横から口を挟んできた。

「聖獣が懐《なつ》くのは、魔法に引かれるからと聞いたことがあるな。だから王族とか教皇なんかの、魔法を使える者だけだってよ」

「……そうなんですか？」

俺はチラリと横目でパウパウを見た。

懐いてるのはアデルとナリスだ。二人はファイザリー王国の王子だから理《り》にかなっている。

俺との関係は契約だからだ。

キャンプ飯を振る舞うのと交換条件に二人を守るっての。

でも、それ、この人たちには話せないからな。

どうする？

「お前、魔法使えるんじゃねぇのか？」

いきなりの質問。俺は反射的にかぶりを振っていた。

「まさかと思うけど、そっちのガキんちょたちが使えるとか？」

ヤバい！

だけど、アデルも俺同様にかぶりを振った。

さすがアデル。こういう時の判断は素晴らしく正しい。問題はナリスで……ナリス、否定しろ！

アデルが割って入ろうとした瞬間、ナリスはニカッて笑った。

「まほうつかえたらいいねぇー」

ほっ。

いや、それは確かに嘘じゃない。ナリスは使えない。

アデル曰《いわ》く、まだ、らしいが。

「にーたま」

げげげっ。にーたまは使える、なんて言うんじゃないぞ！

俺は目でそれを訴えたが……

「そう、おもわない？」

「僕も思うよ」

その返事に、男たちは納得したように頷いた。

「そうか。そうだろうなぁ」

ほっ。

マジで心臓に悪いよ。

「ところで、俺たちになにか御用ですか？」

あんまり話し込んだらボロが出そうなんで、ちょっと牽制《けんせい》してみた。

すると人相の悪い二人は、「いやいやいや」なんて言いながら笑った。

「聖獣を連れた子どもが三人、宿も取らずにこんなところで、まさか野宿するのかと思って気になっただけだ」

「人が集まればワルどもも集まってくるからな。物騒だろう。なあ」

傷あり男が後方にいる大柄な男とイケメンに顔を向けてそう言うと、二人は困ったように互いを見合ってから小さく頷いた。

前の二人は見るからにガラの悪い風体《ふうてい》だが、後ろの二人は怖そうなものの凛とした印象を受けるんだけど。

ただ……さっきからずっと睨まれてるように思うのは……気のせい？

「俺たちは四人部屋を借りているから、まぁまぁ広い。床でいいなら一緒にどうだ？　雨風暴漢はしのげるぞ」

傷あり男が言うと、後ろの二人が驚いたような顔をした。

「気遣ってもらってありがとうございます。けど、俺たちには聖獣がいるし、天気も崩れそうにないから大丈夫です」

「でもよ」

「実は……こっちの小さいほうは人懐っこいんですが、兄貴のほうは人見知りでして。あまり長くは我慢できないいんですよ」

みなの視線が一斉にアデルに集まり、アデルは驚いて目を丸くした。

アデル、頷け！

俺の意図を察してくれたみたいで、無言のままコクコクと頷き、そっと手をのばして俺の服の裾を掴んだ。

アデル、ナイス演技だ。

「そーか。だったら仕方ねぇな。坊や、メシを一緒に食うのもダメかい？　せっかくだからみんなで楽しくやらねぇか？」

メシ？　この人たち、どういうつもりなんだろう。

俺は思わず、なんとかしてくれって思いを込めて後方の二人を見た。

なんとなくなんだけど、後方の二人は俺の気持ちに気づいて、こっちの二人を止めてくれそうな気がするんで。

するとイケメンのお兄さんが困ったような顔をして、口を開いた。

「レイン、よせよ。もう行こうぜ」

「あンだと？　お前は黙ってろ」

「子どもにかまってないで、先に進もう」

「ああ？　ここで一仕事するってのに、なにを言ってやがる」

一番小柄な男はレインという名のようだ。

俺がじっと二人のやり取りを見ていたからか、顔に傷のある男がまるで取り繕うかのように割って入ってきた。

「仕事ってのは、財宝探しをするためなんだ」

「財宝」

「ああ。俺たち、トレジャーハンターだからな」

それでなんかちょっと普通じゃない感じがしたのか。

いやいや、そんなことより、トレジャーハンターって！

ハリソン・フォードの『インディ・ジョーンズ』とか、ニコラス・ケイジの『ナショナル・トレジャー』とか、アンジェリーナ・ジョリーの『トゥームレイダー』とか、トム・ホランドとマーク・ウォールバーグの『アンチャーテッド』とか！

すげぇっ。めちゃくちゃかっこいい！

あ、インディは考古学者で冒険家だったな。

俺のテンション爆上がりを察したのか、レインさんはニマリと笑った。

「なんだ、お前。トレジャーハンターに興味あるのか？」

「自分には無理だけど憧れます！」

映画をワクワクして観ていた、とは言えない。この人たちには映画がなんなのか通じないだろうから。

さすが異世界だっ。トレジャーハンターがいるなんて。

俺たちの世界にだっているのは知っているけど、多くは沈没船《ちんぼっせん》を探す感じだろ？　映画的なトレジャーハンターって感じじゃないと思うんだけど。違うかな？

「俺はレイン・クーンだ。こいつはリュー・ゲイツ。後ろのデカブツはオゾ・バリー。その隣にいるハンサムがリゲル・アディソンだ」

「えと、俺はコージ・ミマスです。こちらは」

しまった、ファミリーネーム、なんて言えばいいんだ。

「僕はアデル。弟のナリス。孤児だから今はコージの名前を名乗ってる」

またまたアデル、ナイスアシスト！

いや、アシストどころか、天才的な判断力だと思う。七歳なのに。

アデルは言うだけ言うと、ススス ッと俺の後ろに隠れてしまった。

この行動も素晴らしい。

「そうか。だからこの兄ちゃんとまったく似てないんだな。俺たちは祭りの間この町にいる。『ダラダン亭』っていう宿屋だ。なにかあったら言いに来い。いつでも相談に乗ってやるからよぉ」

「ありがとうございます。その時は、遠慮なく」

レインさんとリューさんが身を翻《ひるがえ》して歩きだすと、オゾさんとリゲルさんはギロリと俺を睨んでから、前を行く二人に追随《ついずい》した。

なんで睨まれる？　俺、あの二人を怒らせるようなこと、したっけ？

四人の姿が消えると、俺はほっと胸をなでおろした。

緊張した、マジで。

だって、オゾさんとリゲルさんは怖い目で睨んでくるし、レインさんとリューさんはフレンドリーに話しかけてくるけど、人相悪くて、あれはちょっと近寄らないほうがいいタイプだと思うし。

けど……小さな子どもが二人もいて、たぶん俺も実年齢より若く見られているだろうから、そんな三人が大人を連れず、宿にも泊まらず野宿をしようとしているから、心配して声をかけてくれたんだろう。

変に意識して警戒するのは失礼だったかも。

『コージ』

パウパウが前足で俺の腰辺りをツンツンしてきた。

「ん?」

『もう行ってしまったんだから、ごはんにしようよ』

「そうだな」

こいつは食うことしか考えてないし!

買ってきた食べ物を広げてそれぞれが選んだものを手に取る。

通り過ぎる人たちが明らかに、こんなところで? という目で見て行くけれど、関係ない。今夜も楽しくキャンプ飯だ。

俺たちはいつも通り食事をし、テントに入って寝た。


チチチと鳥の鳴き声が聞こえてきて、俺は目を覚ました。

狭いテントの中で三人丸まっている。ピノもわずかな隙間に体を突っ込んでくるから、もうギュウギュウだけど、だからこそ寒くない。

しかも俺のテントは軍幕だから隙間ありありなんだけど、正面にはパウパウがドッカリと陣取って風よけになってくれている。

口は悪いし食い意地も張ってるから、つい俺も憎まれ口をたたいてしまうが、いいヤツだと思ってる。

その証拠に、パウパウの腹が満たされないってことがないよう気をつけてるから。

「コージ、おはよう」

アデルが起きた。眠そうに目をこすっている。

「おはよう。よく眠れたか？」

「うん。ナリスに蹴られたみたいで一度目が覚めたんだけど、またすぐに寝ちゃったし」

「そっか」

テントを出てパウパウに声をかけようとするが、いなかった。

「あれ、どこ行った？」

周囲を見渡す。二度三度視線を巡らせると、林のある方角からパウパウがやってきた。

「どこ行ってたんだ？」

『人の気配がした気がしたんで見回ってた』

「人？」

『臭いが残ってるから誰かが近くにいたのは間違いない。けど、薄いからそんなに長くいた様子もないかな』

「誰か通ったってことだろ?」

『夜中から明け方にかけて? そんな時間に河原をウロチョロする?』

……なるほど。ってことは、こんなところで寝てる俺たちを狙って、ってことか。

『僕がいるから大丈夫だけど。それより、お腹すいた』

「はいはい」

空腹はパウパウだけじゃないから、急いで湯を沸かす。

魔石のおかげで火の番をしなくてもいいから助かる。小さいのを二、三個入れておくと、朝まで消えずに燃えてくれているから。

ホント、魔石ってすごい。万能すぎる。

浮く機能のついた物に着けたら宙《ちゅう》を飛ぶらしい。ドローンみたいな感じかな。

この理屈だと、飛行機でも車でも、なんでもできるよな。

この世界の人たちが、そのノウハウを持っていないから、俺たちの世界の文明の利器に至《いた》れていないだけだ。技術者をピースリーに連れてきたら、世界が一変するくらい発達することだろう。

鍋に細かく切ったジャガイモとタマネギとニンジン、ベーコンを入れて煮る。昨日、水煮された三種類の豆を見つけたので、それをけっこうどっさりと投入。野菜が柔らかくなったら、これも昨日見つけたトマトピューレを入れて混ぜて完成だ。

「豆がホクホクしてる」

「茹で方がうまいんだろうなぁ」

黒豆がうまく煮れないとかなんとか、おふくろが愚痴っていたことを思いだす。

「アデルは甘い豆って食ったことある？」

「ないよ。甘いの？　豆が？」

驚くアデルの横でパウパウが目を爛々《らんらん》と輝かせている。こっちは興味津々みたいだ。ナリスは咀嚼《そしゃく》に一生懸命だ。

「お菓子くらい甘く作る場合もあるし、甘いことは甘いけどお菓子ほどではない甘さにする場合もあるし。俺の国ではいろんな味つけで煮るんだよ」

「へえ」

「豆を煮るには時間がかかるから、キャンプには合わないんだけど、食べたかったら作ってやるよ」

『食べたい！』

「お前がそう言うのはわかってるよ」

パウパウは上目遣いに俺を睨んでから、スプーンで具をすくって口に運ぶ。

獣の手なのにスプーンを持って動かすって、毎日見ているのに不思議で仕方がない。まったく器用なもんだ。

「アデル、どう？」

「んー、興味はあるけど、想像できないからなんとも言えないかも」

「そっか。小豆なんてアンコになって、すっげぇうまいのに」

『アンコ!? アンコってなに!?』

「パウパウはなんでも食いたいよな。小豆って豆を砂糖で煮るんだ。いろんな使い方がある。ケーキみたいな生地に挟んだり、冷たく冷やして食べたり。あ、凍らせて食べるのもあるな。でも今も言ったように、作るのにけっこう時間がかかるから、披露するのは難しいけど」

『コージの世界にはいっぱいあるのか？』

頷いたらパウパウの目がまた輝いた。あんまりキラキラしてるから、目からビームでも出るんじゃないかと思ってしまう。

『コージの世界に行きたいなぁ』

「……無理だよ。俺の世界に聖獣はいないから」

『人間に化けるよ』

「俺の世界の人間には、頭から触角生えてるヤツはいない」

　パウパウはライオンみたいな顔してるくせに、口を尖らせた。ホント、器用なヤツだ。

「ナリスはたべたい」

　それまで具だくさんスープに集中していたナリスが話題に入ってきた。まだ口の中に食べ物があるようで、まぐまぐと咀嚼しているが。

「おかしすきだからぁ」

「お前、パウパウに似てきたな」

　アデルのツッコミが鋭い。

「そぉ～おぉ？」

「そうだよ。食べ物の話ばっかりしてる」

　プッとナリスの頬が膨らんだ。

「まあまあ。みんな食べ終わったし、片づけをして祭りを見に行こう」

「わーい！　いくぅ！」

　万歳をして喜ぶナリスを横目に、アデルは食器を集め始めた。

「ねえ、コージ。祭りを見学している間、荷物ってどうするの？」

「荷物？」

「うん。持ち歩くの、重いでしょ」

　確かに。

「どこかの宿に預けるとかできないかな」

「んーー、どうだろう」

「部屋は空いてないだろうけど、預かってくれる宿くらいありそうじゃない？　あ、もちろん、お金払うんだけど」

うーん、と悩む俺の服をナリスが引っ張った。

「きのうのおじさんたちにたのめばぁ？」

昨日のおじさんたち？　おじさん……あ、トレジャーハンターの。

「それはどうだろう。父上が親しくないのに親切にしてきたら気をつけろって言っていた。会ったばかりで相談に乗るって、なんか胡散臭《うさんくさ》い」

アデルは本当によくできた子だなぁ。

「俺も同意見だ。後ろにいた二人はマシだったけど、親しげに話しかけてきた二人は人相も悪かったし、あんまり信用できそうにない」

「コージ、トレジャーハンターって言われたら、すごく喜んでたくせに」

それを言われたらつらーい。

「そうだけど、職業に食いつくのと、個別に人を信用するかどうかは別問題だろ」

「それはそうだね」

「じゃーもってあるくのぉ？」

「観光しながら、預かってくれそうな店があるか聞いてみよう」

ということで、さっさと片づけをして出発となった。

町の至る所で飾りつけがなされていて、イメージ的には電飾のないクリスマスみたいな感じ。

宝探しの看板が至る所にあるから、なんだろ、人を呼ぶためのイベントアイテムっぽい感じがするなぁ。でも本職のトレジャーハンターが参加するんだから、信ぴょう性があるのかな。

「アデルとナリスは自分の国の祭りとか参加したことあるのか？」

二人に聞くと、同時にかぶりを振った。

まぁ、そうかな。危ないもんな。

「あ、コージ、宿屋があるよ。あそこで荷物のことを聞いてみようよ」

アデルに言われて、宿屋に行ってみたがダメだった。そら、そーだな。

「残念だったね」

「仕方ないよ。預かりを専門にしている店ならいいけど、普通の宿屋がヘタに預かって紛失したら大変だからさ」

「そうだね」

そんな会話を交わした時だった。真後ろから女性の声がして、肩を叩かれた。振り返ったら、昨日のあのおばさん二人だった。

「ごめんなさい、話、聞こえちゃって。荷物だったら、私たちの泊まってる部屋に置いておけば？」

「貴重品とかは持ち歩いてほしいけど」

と。マジで？　それはありがたいけど！

「この宿に泊まっているんですか？」

「うぅん、あっちよ。すぐそこ。いらっしゃい」

一瞬、どうしようか迷い、アデルと目を合わせる。アデルは自分では判断しかねるのだろう、ほんの少し首を傾げるジェスチャーをした。

ここは俺が決めないと。

預けるのは服とか調理道具だから、最悪無くなっても問題はない。困るけど。

観光中、ずっとこいつを背負っているのは、確かにつらい。ここは神仏《しんぶつ》の情《なさ》けと思って、ありがたく置かせてもらおうと思う。

「すみません、お言葉に甘えます」

おばさん二人は快《こころよ》く俺たちを宿泊している宿屋に案内してくれた。

おばさんたちと行動をともにするわけじゃないから、夕食の時間になったら荷物を取りに行くという約束をして別れた。

二人は宝探しツアーの参加者だから、ツアーコンダクターに従って宝探しに行ってしまった。

俺たちは町の観光だ。

あっちこっちでイベントチックなことをやっている。

楽器を弾いて踊っていたり、大道芸人がパフォーマンスを披露していたり。

「うわ、すごい。あの人、からくり人形みたいに動く」

「パキパキしてるぅ」

パントマイムだ。全身銀色の男がマリオネットの動きを模倣《もほう》している。そこから少し先では、銅像のパフォーマーの姿が見えた。時々動くから、銅像だと思い込んでいる子どもが飛び上がって驚いている。そりゃそうだな。

しばらく見学して次に行く。

「コージ、あれ見て！　あの人、口から火を噴いてるよ！」

これは舞踏《ぶとう》だ。相方が大きな剣を両手に持って華麗に飛び跳ねている。

火を噴いていた男は、次に細い剣を口に入れ始めた。アデルとナリスが前のめりになって見つめる中、剣は完全に男の口の中に収まってしまった。

「わ、大丈夫なのかな」

「大丈夫だよ」

「そうなの？　すごい！」

「いたくないのかなぁ」

「痛くないと思うよ」

「いたくないのぉ!?　すごーい！」

アデルもナリスも同じことを言って驚き、釘づけ状態だ。

王子様は大道芸なんて見せてもらえないのかもな。

一通り終わったのか、舞踏を披露していた二人が下がったので俺たちも歩き始めた。と、すぐ先でジャグリングをしているパフォーマーたちが目に入る。

八人で隊を組んで、玉とか棒とかを派手に投げながら操っている。俺もお手玉三つはヘタくそながらできるけど、四つは無理だ。

「うまーい」

ナリスが叫ぶと、隊の一人がこちらに気づいて近づいてきた。そして玉の一つをナリスに投げた。

「あっ」

ナリスは小さな声を出して玉を受け取り、下からポンと投げ返すと、パフォーマーは手の中の玉を二個放り投げてからナリスの投げた玉を手に取った。そして宙にある二つの玉も手の中に吸い込まれていく。

ナリスが手を叩くと、パフォーマーは玉を腰の袋に仕舞い、次に反対側に下げている細長い棒を取りだした。

今度はアデルに一つの玉を見せると、ポンと投げた。アデルがそれを手に取ると、すぐにパフォーマーに向けて放り投げた。

するとパフォーマーは、ボトルみたいな棒の先で玉をさらに高く弾く。落下までの間に、体を大きく揺らしながら棒をクルクルと回し、背中で転がして落ちてきたところを足で蹴って手に取ると、首の周囲でまたクルクルと回転させ、落ちてきた玉をまた先に当てて上に弾いた。

昔、フレアバーテンダーの映画があったっけ。

ボトルとか、シェーカーとか、グラスなんかを、曲芸的なパフォーマンスで客を楽しませながらカクテルを作るやつ、あんな感じだ。

あ、カクテル。そうだ『カクテル』だ。トム・クルーズ主演の。あれ、めちゃくちゃかっこよかった。

玉が宙を舞っている間に、棒を縦に横に、巧みに操って目を楽しませている。

弾く玉もギリギリのタイミングで当ててるから、見ている側は失敗して地面に落とすんじゃないかってハラハラする。

時々玉をアデルにパスする。アデルはうまくキャッチし、下から大きく宙に投げ上げる。

パフォーマーが棒を前後左右に動かしながら自らも踊り、放物線を描いて落ちてくる玉にうまく当てると、わぁっと歓声が上がった。

それを何度か繰り返したら、パフォーマーは玉をぱっと掴んでアデルに向けて優雅に礼をした。アデルがそれに応じると、拍手が起こった。

ジャグリングパフォーマンスを一通り見終えてその場を離れる。

「楽しかったか？」

「楽しかった。僕なら絶対当てられない」

「俺だって当てられないよ。すごかったよな」

「うん！」

そんな会話を交わしていると、いくつもの屋台それぞれに、けっこうな人が並んでいるのが見えた。そろそろ昼メシ時のようだ。

「どうする？　ちょっと早いかもしれないけど、昼メシにするか？」

『する！』

「お前は聞かなくてもわかってるんだよ」

パウパウが「むぅ」と言って拗《す》ねたような目を向けてくる。それを無視して二人を見ると、頷いている。と、同時に脂の芳《こう》ばしい香りがしてきた。

「お、揚げパンみたいだ」

「おいしそうだね。アレにしよう」

「さんせー」

屋台に行くと、総菜系の揚げパンと菓子系の揚げパンがあった。

総菜系はチーズとソーセージとか、エビのすり身とか、ビーフシチューみたいな感じとか。

菓子系は表面に砂糖をまぶしていて見るからに甘そう。中にはカスタードクリームやイチゴなんかのジャムが入っているみたいだ。

俺たちは総菜系を買って食べながら観光を続ける。

掲示板に祭りの案内があったので読んでみると、今日は各場所でパフォーマンスが開かれ、『見学』がメインのイベント日で、明日は観光客も参加できるイベント日、明後日は大広場でいろんな演目の劇が披露されるんだって。

山間の小さな町だから、ゆっくり回っても半日もあれば充分だ。だからいろいろ考えて人を呼ぼうとしているんだろう。

それに宝探しが目的の人が多いから、合間に祭りを楽しむ人もいるんじゃないかな。夜とか。

アデルやナリスにいろいろ経験させてやりたいから、三日間、ここに滞在しようと思う。

午後も昼寝を終えてからパフォーマンスを見学していたが、宝探しから帰ってきたおばさんたちと合流した。

おばさんは金髪のほうがアンリさんといい、明るい茶色の髪の毛のほうがルピアさんと自己紹介された。

で、花火を見ながら夕食をごちそうしてもらうことになったのだけど、店の人に相談したら、追加料金で同じコースを用意してくれることになった。

ちなみに、パウパウの分も頼んだら店の人は驚いていた。聖獣が来ることはこの国でも縁起がいいそうで、嫌な顔どころか歓迎されたからよかった。

店の前にテーブルが並べられていて、その一角に陣取《じんど》る。

ふと周囲を見渡したら、斜め先にトレジャーハンターの四人がいた。目が合うと、レインさんとリューさんが手を振り、リゲルさんとオゾさんは無反応。

見かけからは反応が逆っぽく思うんだけど、人相の悪いレインさんとリューさんのほうが愛想はいいみたいだ。

サラダ、スープ、あったかいパンがどんどん並べられていく。

メインは牛肉の煮込みで、付け合わせは豆とニンジンとズッキーニみたいな野菜と、マッシュポテトだった。

おばさんたちはワインを頼んでいたが、俺たちは水だ。でも輪切りのレモンが浮いていて、爽やかでうまい。

「それで宝は見つかりそうですか？」

アデルがおばさんたちに質問している。二人は明るく笑った。

「見つかるといいけど、どうかしらね」

「どうって？」

「宝なんてないと思ってるわ」

なんて言いつつ、アンリさんがウインクする。俺も同じ意見なんだけど、アデルは驚いたようだ。

「信じてないのに宝探しのツアーに参加したんですか？」

「確かにこの辺りには財宝の言い伝えがあるけど、今までいろんな人たちが探《さが》しても探しても見つからなかったわけだし、いつからかはわからないけど、もう財宝は偽《にせ》の情報だって言われているのよ。町おこしの話題作りだろうって」

「でもそれでもいいじゃない？　だって楽しいもの。財宝が見つからなくても宝探しをして、おいしいものを食べて、遊びで羽を伸ばして、ふふっ、特に私たち女はなかなか遊びになんて出られないから、旅行に行くいい口実なのよ」

代わる代わるアンリさんとルピアさんが話すが、アデルは目を丸くして聞いている。俺はよくある話だなって思うから、特に驚くこともない。

俺の右側に座っているナリスはおばさんたちの話には興味がないようで、はなっから聞いていない。ビーフシチューをうまそうに食べている。

パウパウは言うまでもない。ピノは俺の足に凭《もた》れて寝てる感じ？

「それに、宝探しは今日までで、明日は自由行動なの。だからお祭りの見学と買い物の予定。明後日は朝から出発だからね」

「今日まで……そうなんだ」

「坊やたち、明日は私たちと一緒に回らない？」

「えっ。でも」

「いいじゃない。観光なんだから。あ、そうだわ、これ」

ルピアさんがポシェットから紙を取りだした。

「よかったら、あげるわよ」

そう言って渡されたのは地図だった。

地図だったら持ってる、と言おうとしてやめる。

広げてみると、今回のおばさんたちが参加している宝探しツアーのアイテムだ。財宝のありかを解き明かすヒントが書かれている。

「私たちは明後日出発だけど、あなたたちは時間に縛りはないのでしょ？　探してみたら？」

「信じてないんでしょ？」

「まぁね。でも、存外、坊やたちなら見つけられるかもよ？」

またまたいい加減な。

俺とは違って、アデルは妙にうれしそうな顔をして地図を眺めている。

興味あるのかなぁ。

「ありがとう。探してみます」

本気なのかな？

俺がじっと見ていることに気づいたアデルが口角を上げてニマリと笑った。

本気みたいだ。財宝、あると思っているんだろうか。

そうこうしているうちに陽が完全に落ち、辺りが暗くなる。あっちこっちにランタンが下げられているのに、灯がつく様子がない。

すると、ひゅーっという音がしたと思ったら、バァン！　と花火が弾けた。

同時に、あちらこちらで、わぁっという歓声と拍手が起こる。

「すごーーーい！」

もくもくと食べていたナリスも顔を上げて歓喜する。

続いて、ドン！　と二つ目の花火が上がった。

すっごく綺麗だ。思わず、たまやー、かぎやーって言いそうになる。

近くで上がっているので迫力満点だ。

だけど、俺たちの世界で見るような、変わった形やナイアガラみたいなド派手なのはない。

プログラムで打ち上げているんじゃなく、一個一個手作業なのだろう。しかも、いくら川もあるとはいえ、山の中の小さな町だし。

俺も、アデルも、ナリスも、パウパウまで、しばらく花火に見入っていた。ピノだけ音が怖いのか、俺の足の間に入ってじっとしていたが。

花火が終わるタイミングでランタンに火が灯された。オレンジ色の炎が揺れ、周囲に大きな影を作る。

少し風があって、吹くたびにランタンが揺れるので炎が作る影もゆっくりと揺れた。すごく幻想的で見惚れる。

デザートのプリンが運ばれ、それを食べてディナーは終わった。花火があったからディナーショーかな。

荷物を持って昨日泊まった河原の場所へ行こうと思っていたけど、おばさんたちが宿屋に交渉し、二人の部屋に泊まることになった。

床にキャンプグッズを敷けばいいとかなんとか。もちろん三人分プラス二匹の宿泊分を支払うんだけど。

アンリさんとルピアさん、宿泊費用、絶対に出す気でいる。旅の間、野宿で過ごしているから貧乏なんだと思っているんだろう。

部屋に行って少し話をして、さぁ寝ようとしたらナリスがちゃっかりアンリさんのベッドにもぐりこんでいた。

「ナリス！　こっちに来いよ」

「えーー」

「えーじゃないだろ」

アデルが叱っているが、ナリスはベッドから下りる気はまったくないみたいだ。

「いいじゃないの。アデルもいらっしゃいよ。おばさんと一緒に寝ましょう」

と、ルピアさんが言うと、アデルは顔を赤くしてかぶりを振った。

「いい。僕はコージと床で寝るから。おやすみなさい」

ブランケットに潜り込んでしまった。

アデル、照れてる？

ランタンを消して就寝となった。


翌朝、みんなで朝食をとり、宿屋の外に出た。

今日は観光客参加型のイベントが組まれているそうで、夜は花火ではなく、大広場にある炬火台《きよかだい》を囲んで踊るらしい。

それって盆踊り的な感じなんだろうか？

キャンプファイヤーっぽい？

案内板が出ていて、イベントが開かれる場所が示されている。

全部で八か所あるようだ。

説明として描かれている絵では、騎馬戦とか綱引きみたいな感じだ。玉転がしっぽいのもある。

運動会を連想するよ。

八か所全部は見れないだろうなぁ。

「どれから行く？」

「ここから近いところから順番でいいんじゃない？」

アデルの案で決まった。アンリさんたちも俺たちと一緒に来たが、途中でお土産を買うから姿が見えなくても気にしないで、とか言いながら、移動早々いなくなった。

最初のイベント会場は畑の中だった。平らに整えられているから、今日のために準備されたのだろう。

老若男女、人がたくさん集まっていて、こっちだあっちだと大きな声が響いている。やがて八つの塊に分かれた。

「なにが始まるんだろう」

「騎馬戦かなぁ」

「騎馬戦？」

アデルが首を傾げる。隣でナリスも同じようにしている。兄貴を真似している姿がなんともかわいい。

「三人が腕とか組んで一人を乗せるんだ。で、上に乗った者が相手の頭にあるもの、帽子とか棒とか旗とか、それを取ったら勝ちってゲーム」

「へぇ。そんなゲームがあるんだ」

八つの塊がわいわいやりながら四人組になっていく。騎馬戦で間違いなさそうだ。

四人になれないグループがあるみたいで、何人かが勧誘に走っているのが見えた。

「アデル、行ってこいよ」

「ええっ！　ムリだよ。僕はそんなに力が強くないから」

「そんなことないよ。下はしんどいから、上に乗らせてくれたら参加するって言えば、乗せてくれるんじゃないか？」

「えーー」

なんて話している間に、勧誘の人がこちらに向かってやってきた。

俺が手を振って呼び、アデルのことを紹介すると、その人はアデルを騎手にすることを約束して連れて行った。

「にーたま、どこいくのぉ？」

「あのゲームに参加するんだ」

「そーなのぉ？　ナリスもするぅ」

「ナリスはまだ小さいからムリだ。今回は見ていよう」

「えーー、にーたまがするならぁ、ナリスもしたい」

「次のイベントにしよう。アデルだって弟にカッケー姿を見てほしいだろう」

ナリスはちょっと考えたような顔をしたが、兄貴が活躍する姿が見られると思いなおしたのだろう。うん、と力いっぱい頷いた。

そうこうしているうちに掛け声が上がった。

並んでいる様子を見ると、どうやら二回に分けるようだ。で、東西南北それぞれにチームが並ぶ。

騎馬は一組六騎。騎手は色のついた帽子をかぶっていて、赤が一つ、青が二つ、黄が三つ。どうやら色によって点数が違うみたいだから、奪った帽子の色で加点し、総合点で勝ち負けを決めるようだ。

大将の帽子を取ったら勝ちじゃないんだな。

アデルは二回目のチームに参加するようだ。青い帽子をかぶっているので騎手に選ばれたようだ。まぁ、年齢や体の大きさからいってもそうだろう。

よーい、の声が上がると、次にピィーっと鋭い笛の音が轟いた。

怒号のような歓声が上がっていて、なんかゲームって感じがしないんだけど。

やいのやいのとヤジが飛ぶ。

砂埃《すなぼこり》が激しく舞う中、参加者は帽子を取りあい、そして終了を告げるピィーっという笛が鳴り響く。

「どこが勝ったんだろうな」

隣のおっちゃんが連れに向かって話しかけているのが聞こえた。

「ゲルさえ勝てばあとはどうでもいいさ。あいつにたんまり賭けたんだから」

「ちげぇねぇ」

なるほど、観客がえらく熱いのは、賭けているからなのか。

しばらくガヤガヤしながら待っていると、発表が始まった。最下位から順で、上位に二チームが決勝戦進出とのことだ。

さて、次はアデルの番だ。

アデルが加わったチームは東側に陣取って隊を組んだ。

「つぎぃ、にーたま？」

「ああ、そうだ。応援するぞ！」

「するっ！」

気合い入りまくりのナリスを肩車し、アデルに注目する。

「よぉ、お前の連れも参加か？」

ふいに声がして、顔を向けるとレインさんが立っていた。

「そうです。アデルが出るんです。あれ」

指さす先にアデルがいる。青い帽子なのでもう一騎と並んでリーダーの後ろにいる。

そこに笛が鳴った。

「アデル！　頑張れ！　取れーー！」

「にぃーーーたまぁーーー！　がんばれぇーーー！」

「行けぇーーー！」

「いけぇーーーーーっ！」

ワーワーと歓声やらヤジやら悲鳴やら応援やら。

アデルは伸びてくる手をかわしながらその手を払い、逆に相手の帽子を掴んだ。

「取れーーー！　そのままブン取れーーーー！」

「とれぇーとれぇーっ！」

俺もナリスも声を張り上げてアデルを応援する。

アデルは体を腰から回転させ、遠心力をうまく使って帽子をもぎ取った！

「やったぞーー！」

「やったーやったーやったー！」

戦いは続く！　アデルを乗せた騎馬はさらに前進する。先頭の人が体格いいからか、けっこう速い。

また次が来た！

アデルは振り落とされそうになりながらも、うまくバランスを取っている。

今度の敵は背が高いのか、アデルより頭一つ分大きい。

「避けろっ！　かわせ！　取られるな！　アデル！」

落ちそうだ！

逃げろ！

「アデルーーー！」

つか、騎馬！　なにやってるっ、正面から突っ込んだら取られるだろうがっ。アデルは子どもでまだ背も低いし、力も強くないんだぞ！

「うおぉぉぉーーーー！」

ピーーーーッというひと際高い笛の音が轟く。騎馬がその場で制止する。

どうなった!?　って思う俺の耳に、ナリスの声がして、足をバタバタ動かしていることに気がついた。

「コージぃ！　いたいってばっ」

え？

「はなしてっ」

「あっ」

熱くなりすぎて、ナリスの足を掴む手にかなり力が入っていたようだ。

「ごめんごめん！」

慌ててナリスを下ろすと、隣で見ていたレインさんが笑いながら俺の肩をバンバンと叩いた。

痛いって。あ、いや、痛かったのはナリスか。でも、おっさんに叩かれたら痛いよ。

「えらく熱くなってよ」

「だって」

「ははは、結果が楽しみだな」

待つことしばし。そして発表になった。

最下位は南に陣取ったチームだった。そして三位。

「東チーム！」

あああ……ダメだった。

「にーたま、まけたぁ？」

「負けた」

「えー」

「仕方ない、団体戦だからアデルだけじゃどうにもならない」

ナリスの頬がぷぅと膨れる。

俺も頬を膨らませたい気分だ。残念だなぁ。頑張ったのに。

次は決勝戦だが、アデルが出ないなら別に見ることもないだろう。戻ってきたら次に行くとするか。

「コージ、ナリス」

アデルが駆けてきた。

「残念だったな」

「そうだね。でもね、聞いてよ。僕、帽子を取られなかったし、南組のリーダーの帽子を取ったんだ。だから、これ」

差しだした手の中には、木で作った馬蹄《ばてい》型のキーホルダーがあった。

「午後もまたあるんだって。次も出ないかって誘われたよ」

「記念品貰って、スカウトまでされたのか。すげぇじゃん」

「へへっ」

照れくさそうに笑うが、顔がキラキラと輝いている。楽しかったみたいだ。

「にーたまはがんばったぁ？」

ナリスが背伸びをして俺たちの話に入ろうとする。

俺はナリスの頭を撫でつつ、弾んだ声で答えた。

「おう！　アデルはめちゃくちゃ頑張った！」

「わーい、にーたま、がんばったぁー！」

「よせよ、恥ずかしいよ」

ナリスには背伸びだな。兄貴だから、クールな姿を見せたいもんな。

「よし、じゃあ、次に行こうか」

「うん！」

「いこー！」

次のイベントに向けて歩き始めると、

「そういえば、さっきトレジャーハンターの人たちと一緒だったよね？　姿が見えないけど、宝探しに行ったのかな？」

そう聞かれ、俺は、ん？　となった。

振り返ってみても、四人の姿はない。

「宝探しツアーは昨日までだろ。他のイベントを見に行ったんじゃないか？」

「でも、それはツアー参加者の話でしょ？　あの人たち、本職じゃないの？　お祭りなんかじゃなく、本気で探しに来てるんじゃないのかな？」

　確かに、そう言われたら、そうだな。

「まぁいいか、そんなこと。それより、おばさんたちは？」

「買い物じゃないかな」

「まだ買い物？」

「じゃねぇの？　ぜんぜん姿見えないし。たくさん買うって言ってたし」

「そっか。そうだね」

　少し歩くと次のイベントの場所に到着した。こちらも人が集まっていて、飛び入り参加を求めている。

　どんな出し物かと確認すると、綱引きだった。

「今度はコージの番かな」

「えっ、俺もやるの？」

「当然だよ。僕たち、応援するから」

「えーー、ヤだなぁ」

「コージぃ、がんばれっ、コージぃ、がんばれっ！」

　おいおい。

「せっかくのお祭りなんだから、一人一回はどれかに参加しようよ」

「ナリスもでるぅ」

「あれはナリスにはムリだろう」

「だからコージでしょ？」

「そーだぁ、そーだぁ」

「へいへい。わかりました。これ、持ってて」

俺はウエアを脱いで渡し、魔石銃と宝石を入れている巾着《きんちゃく》をアデルに預けた。

「行ってくる」

「頑張れ！」

「がんばれっ、がんばれっ」

「おう」

参加者受付の場所に行くと、最後尾に並んだ。それから順番に四組に振り分けられ、ウシ、ウマ、ヒツジ、ヤギの中の、ヒツジ組になった。

なんか組名のチョイスがすごいんだけど。ヒツジとかヤギとか、ぜんっぜん強そうじゃないし。

ドンドンと音がして、中央の線を挟んで向かいあう。俺は申し込みが遅かったせいか後方になった。

「コージーーーー！」

「コージぃーー、がんばれぇーー」

アデルとナリスの声援が聞こえたので顔を向けて手を振る。そして縄を掴んだ。

構え、の声がして、構える。

ジャーーン！

高い金属音。合図だ。

耳にこだまする、オォ！　オォ！　という声に合わせて俺も咆哮《ほうこう》する。

引っ張れ！　引っ張れ！

足を踏んばって縄を引っ張れ！

「コォーーージィーーーーー！」

「コォーーージィーーーーー！」

「コォーーージィーーーーー！」

「コォーーージィーーーーー！」

アデルとナリスがめちゃくちゃ応援してくれている。

引っ張れ！　引っ張れ！

寄せ集めのせいかイマイチ息が合っていない。だから縄を引くタイミングも合わず、バラバラだ。

「くうっ」

それでも少しずつ、引き寄せている。

綱引きなんていつ以来だ？　高校生？　それとも中学生？　覚えてないけど、なんとなく体が覚えてる感じ？

やっぱり、それぞれ好き勝手に声を出すんじゃなく、タイミングを合わせて声を出して引っ張らないと。

そう思った時だった。ぐいっと引かれて腕に力が入らない。

ヤバい！

踏ん張ろうとしたが、遅かった。一気に前に持っていかれ、前方で人が滑って尻もちをついたようだった。

となると、もう総崩れだ。

俺も前のめりになって、倒れてしまった。

「勝者、ウマ組！」

負けたぁ。悔しい〜！

いや、マジでムカつく。

最初は乗り気でなかったけど、やってみたら闘志が（笑）。

もう一回、そう思って受付を探そうと顔を向けたら、アデルとナリスの横にトレジャーハンターの四人がいるのが見えた。

話しかけているのはレインさんとリューさんだけど、その後ろにリゲルさんとオゾさんがいる様子に、ハッと息をのむような衝撃に襲われた。

なんだかイヤな予感がする。だって、リゲルさんとオゾさんはいつも一歩引いた感じでレインさんとリューさんを見ているから。

再申し込みをするのをやめてアデルたちのもとに急いだ。

「あ、コージ」

「どうしたんだ？」

「どう？　別にどうもないけど。コージはもうやらないの？　何回も申し込みできるみたいだけど」

「いい。充分堪能したから」

「そうなんだ。これ、コージ。はい」

アデルは俺が焦っている感じに驚いているのか、目を見開いている。だけどなにか聞いてくることもなく、手に持っている魔石銃と巾着、ウエアを差しだした。

「サンキュ」

俺は巾着の紐を首にかけ、魔石銃を腰に巻いて上着を着た。で、レインさんたちに顔を向ける。

「二人がどうかしましたか？」

「ん？　いや、なにもねぇけど」

「なにを話してたんですか？」

ちょっときつい物言いになってしまっただろうか。でも四人は怒った様子もなく、普通に俺を見返してきたので、ちょっとホッとした。

「お前が頑張ってるなって話だよ。それから、坊やが持ってる魔石銃が立派だから、かっこいいなぁって言ってただけだ。なぁ、坊や」

「うん」

「そろそろ昼だろ。俺らと一緒にどうだ？」

レインさんが誘ってくれたが、俺たちはアンリおばさんたちと取るからなぁ。

「アンリおばさんといっしょのやくそくしてるぅ」

ナリスが俺の心を読んだかのように答えてくれた。子どもが無邪気に返事するのが一番角が立たないもんな。

レインさんは笑顔でナリスの頭を撫でた。

「そっかそっか。俺らはばあさんとのメシは勘弁だから退散するとしよう」

レインさんがリューさんの肩を掴んで歩き始めた。リゲルさんとオゾさんもあとに続くけど、去り際、ちらっと俺たちを見た。

やっぱ、睨まれた？　目が鋭くて怖いんだけど。

だけど、アンリさんとルピアさんは四十代くらいで、けっしてばあさんじゃないぞ。
とはいえ、一緒にランチにしようと思って二人を捜すが、見当たらない。
どうしよっか。そろそろパウパウが騒ぎだしそうな気がするんだが。
『コージ』
ほら来た。思った通りだ。
『遊びの参加は終わった？　僕さ』
「腹減ったんだろ？」
『うん！』
「言うと思った。アンリさんとルピアさんを捜してくれよ」
『わかった、捜してくる』
パウパウの触角がビョッと立ち上がった。
なんだよ、それ、まるでアンテナじゃねーの。
先っぽについているピンポン玉のような丸いものがわずかに動いている。
なんか、ダウジングみたいだな。
『こっち』
ホントかよ。
「アデル、ナリス、行こう」

「うん」

「はーい」

パウパウについて行くと、雑貨屋で商品を見ているアンリさんたちを見つけた。

見つけるパウパウもすごいし、朝からずっと買い物しているおばさんたちもすごい。

合流してランチになった。

日本でいうフードコートみたいな場所にやってきて、席を確保し、二組に分かれて順番に食べたいものを購入する。

アンリさんたちはサンドイッチを買ってきたが、俺たちはスパゲッティ大盛りを購入した。

俺とパウパウはミンチたっぷりのミートソースで、アデルとナリスはキノコがたっぷり入ったクリームソースだ。

互いに午前中の行動内容を話して盛り上がり、食べ終わったら次のイベントに向かう。

アンリさんたちはまだ土産を買うためにショップ巡りがしたいそうだ。

明日は朝食を食べたらすぐに出発らしく、土産は今日中に買わないともうチャンスがないんだって。

どんだけ買う気なんだろう。

ここでまた別れ、俺たちは三番目のイベント会場に向かった。

場所はすぐにわかった。大勢の人が神輿《みこし》のようなものを取り囲んでいる。これを代わる代わる担《かつ》いで回るようだ。レースではないっぽい。

この国ではなんと呼ぶのか知らないけど、形状は日本の神輿にそっくりだ。四本の長い棒の上に本体が乗っている。それを紐や鎖でつないでいる。

ただ、本体の形はさすがに神輿とは違っていて、それぞれ異なる。西洋の城のようなものもあれば、教会みたいなものもある。

担いで運ぶとなると、子どもの中でも三歳のナリスではとても無理だ。ここは飛ばして次に行こうと言おうとしたら、ナリスが受付に向かって駆けだし、出ると主張し始めたから驚いた。

よほど次は自分だと思っているんだなぁ。

「坊や、出たいの？」

「はい！」

「すみません、子どもはダメですよね。僕らは見学していますので」

俺が言うと、係の人はブンブンと激しく顔を振った。

「いえいえ、大歓迎ですよ。特等席で活躍してもらいたいです」

「特等席？」

「はい！　坊や、こっちよ」

係の女性に手招きされてついて行くと、出発が近づいているのか神輿の周囲には体格のいい男たちが陣取っている。

ナリスは正面に案内されたかと思えば、ひょいと持ち上げられ、神輿の正面に立たされた。そして左右にある紐をそれぞれナリスの腰に巻きつける。落ちないための命綱なんだろう。

もしかして、煽《あお》り役？

日本の祭りでは、山車《だし》は人が乗るけど神輿には乗らない。けど、それは神輿が神様の乗り物だからであって、この神輿は本体が城の形なんで、日本の祭りとは意味合いがまったく違うのだろう。

ナリスは孔雀《くじゃく》の羽根を何枚か重ねた扇みたいなものを持たされている。

なんで孔雀なんだろう。いや、孔雀に似た聖獣とか魔獣かもしれないけど。ここ、異世界だから。けど、羽根の形状や模様は俺の知っている孔雀そのままだ。

「あの、すみません」

気になったもんだから、つい隣に立っているおばさんに声をかけてしまった。

「なにかしら？」

「あそこにいるの、俺の連れなんですが、鳥の羽根を持ってますよね。あのカラフルな羽根に意味があるんですか？」

尋ねるとおばさんは、「ああ」と言って頷いた。

「この国では孔雀は神様の使いとされているから、落ちた孔雀の羽根は拾って教会に届けるのよ。教会ではそれを束ねて魔除《よ》けと運授《さず》けの扇にして、儀式の際に扇いで使うのよ」

「……魔除けと運授け、へぇ」

「教会の儀式以外でも、今日みたいなイベントでも登場するわね。この町の祭りでは、無欲な子どもに扇いでもらうのがいいということになっているわ」

なるほど。だからナリスは大歓迎だったわけだ。

「ありがとうございます」

「どういたしまして。でもあの坊やのお連れさんなの？　だったらご利益あるわよ」

「そうなんだ。ラッキー」

だったら候補者が多そうな気がするけど、ナリスはすんなりどころか向こうのほうがウエルカムっぽかったけど。

「ナリス、ちゃんとできるかな」

「大丈夫だよ。あれでいて、しっかりしてるから。アデルだってそう思ってるだろ？」

「まぁ……うん」

間もなく、ジャーン、というシンバルみたいな音がした。

「出発するぞーー！」

大きな声が響くと、わぁっと歓声が上がった。同時に各種の楽器の音が響き始めた。

「始まるみたいだ」

「そうだね。僕たちも行こう」

体格のいいおっちゃんたちが先頭だが、その後ろは老若男女が入り乱れて神輿もどきを担いでいる。で、片方の手を振っている。

「なんか、ナリスのやつ、自信満々って顔してる」

「そうだなぁ。これだけの人に拍手喝采されたら、いい気持ちになるんじゃないか？　ド注目の的だから」

孔雀の羽根を束ねた大きな扇を一生懸命振っている。

どうやら孔雀の羽根から送られてくる風を浴びたらいいらしい。というのも、みんな両手を組み合わせてありがたそうに祈っているから。

まるで神主さんが振る大幣《おおぬさ》みたいだ。

ちいさな町なのに、人もすごいし、言っちゃ悪いがたいしたことのないイベントのことか周知されているから、かなり有名な町なのかな。

もしかして、宝探しツアーってのが、すごい宣伝効果があるとか。

「こっちー！」

女の人の大きな声がして、ナリスが顔を向けている。

「羽根ぇー羽根ぇー」

言葉に反応して大きく羽根を揺らす。

ナリスにはちょっと重いかな？　それとも大きいから空気抵抗があって、うまく動かせないとか。

「苦戦してるみたいだね」

アデルも同じことを思ったみたいだ。

「アデルが活躍したから自分もって意気込んでいたからなぁ」

「そうなの？」

「最初は自分のにーちゃんが頑張ってるのが誇らしかったみたいだけど、だったら弟の自分も、ってなったんじゃないかな。でも、どこまで行くんだろうな」

「そうだね。ずっとだったらちょっとキツいかな。交代する人とかいるのかな」

神輿もどきについて一緒に歩いているが、なんだか町中練り歩きそうな感じなんだけど。

ナリスは一生懸命羽根を振って、求める観光客に応じている。

口を真一文字に引き結んでいる様子は、なかなか凛々しいじゃないか。

「俺たちもご利益をもらいに行こうか」

「そうだね」

二人で神輿もどきに近づき、ナリスに声をかけようとした時だった。神輿もどきが止まって、台が一度下ろされた。

「孔雀天使の交代でーす」

明るい声がして、若い女性が近づいてくる。その斜め後ろにはナリスよりちょっと大きな女の子がいて、緊張したようにその女性とナリスを交互に見ている。

この子が次に羽根を振る子なのかな。

それにしても、孔雀天使って……まんまのような、わかりやすいというか。

「おわりぃ？」

「はい、ありがとうございました。次の天使にバトンタッチです」

「はーい」

ナリスは元気よく返事をして、持っている孔雀の羽根を女の子に渡した。

「コージぃ、がんばったぁー！」

「おう、ホント、頑張ってた」

「すごくおもかったぁ。みてたぁ？」

「見てたよ、ガッツリ。なぁ、アデル」

「うん。なかなか様になってた」

「ほんとにぃ？」

「ウソなんか言わないよ。みんなの役に立ててよかったな」

「はい！」

大満足なのか、百点満点の最高の笑顔だ。

それでは次のイベントに行くか。

そう思ったが、ナリスがパウパウの背中で船を漕ぎ始めたので、急遽、日陰で休息をとることになった。

大勢の人の前に立って緊張しただろうし、全身を使って羽根扇を振っていたから疲れたのだろう。

いつもなら昼メシ食ったら昼寝なんだけど、今日は寝なかったし。

河原に行こうとしたら、土産購入を終えて荷物を宿屋に置きに戻ろうとするアンリさんとルピアさんに鉢合わせした。ちょうどよかったので、ナリスを部屋で寝かせてもらうことにした。

俺とアデルは、買い物で疲れたというアンリさんたちと、宿屋の食堂で一服《いっぷく》することになった。

パウパウにはお菓子を持たせてナリスの傍にいるように言いつけたんだが。

二時間ばかり食堂で過ごす。

ナリスが起きてきたのでみんなで四つ目のイベントの見学に行った。

「あのでっかいの、なにぃ？」

確かにでっかい。牧草なのかな？　黄色っぽい色のロールは直径二メートルくらいあるかな。

どうやらあれを転がして、ゴールまでのスピードを競うみたいだ。

「あれは麦稈《ばっかん》ロールよ」

アンリさんが答えた。

「ばっかん？」

「麦でできていて、牛の寝床に使われるのよ。ちなみに、色が違うだけで見かけはほとんど同じなのが牧草ロールね。そっちはクローバーやチモシーなんかの牧草で作られているの。それは冬場の牛たちの食べ物だわ」

「へぇ」

すでに出場者は決まっているようで、募集は終わっていた。朝から何度もやっているのだろう。このレースが最後みたいだ。

二人一組で麦稈ロールを転がし、向こう側で待っている二人にバトンタッチをする。入れ替わった競技者は折り返して元の場所に戻る。それを何回か繰り返して順位を決めるみたいだ。

掛け声がかかり、二チームが並んだ。

笛の音とともにスタートする。声援やら冷やかしなんかが激しく飛び交う。何度か折り返して勝者が決まった。

四レース終えると、今度は勝者四チームが二手に分かれて競い、最後は勝者二チームで競う。

一位に輝いたチームは景品を貰って解散した。景品は牛の角だ。

え、ソレ、いくら彫りを入れて装飾してても、貰ってうれしいかな？

「牛繋がり？」

「そうかもね」

アンリさんとルピアさんが明るく笑うけど、いや、やっぱりうれしくないよ。いくら記念品であっても。

「いーーなぁ、ほしい」

マジか、ナリス！

「牛はファイザリー王国にだっているよ。帰ったら作ってもらえばいいだろ」

「あ、そっか！」

そーなの？　アレ、欲しいか？

俺が目を白黒させているのも気づかずに二人で盛り上がっている。

そうこうしているうちに人が大広場に集まってきていた。イベントが次々終わり、残すところあと一つ、最後の出し物になったからだろう。

陽が落ちたら火を焚いて、みんなで踊るそうだ。俺のイメージではキャンプファイヤーとフォークダンスなんだけど。

混むからさっさと夕食を済ませようと、宿屋の食堂に行き、食べたら大広場に向かった。大広場にはあっちこっちにロープが張られているが、等間隔にランタンが下げられていて、次々と火が灯されていく。

昨夜の夕食時にも思ったけど、陽が傾いていくとオレンジの光がはっきりと色を成してきて、さらに風が吹くと揺らいで、とても幻想的だ。

中央にはけっこう大きな炬火台《きょかだい》が設置されている。そこに松明《たいまつ》を持った中年の男が歩みよると、ドドン！　と太鼓のような張り詰めた音が轟き渡った。

と同時に松明が投げ込まれ、バッと大きく燃え上がった。

おおおっ！　と大広場が歓声に沸く。笛やラッパやマラカスのような簡単なものだけど楽器が鳴り響き、炬火台の周囲にいくつもの輪を作って踊り始める。

みんなの踊りは映画なんかで見たスイスとか、あっちの方面に近いのかな。

二人一組で右に揺れたり、左に揺れたり、手を叩いたり。

俺のように戸惑っている人をあまり見かけないので、この辺りでは普通に知られているものなのだろう。

アデルとナリスは踊ろうか、見てるだけにしようか、思案している感じだったが、子どもだけの輪を見つけたナリスは、あっという間に駆けて行って加わってしまった。

「ナリスのヤツ」

「アデルは行かないのか？」

「僕は……」

チラリと見よう見真似で踊っているナリスを流し見るものの、行こうとはしない。

「ナリスの傍から離れるのはどうかと思う。これだけ人がいたらなにがあるかわからないし。踊るのは抵抗あるかもしれないけど、ナリスの傍にいたほうがいい」

「コージ」

「俺は浮くだろ、あん中にいたらさ」

「……そうだね。行ってくる」

「おう」

照れたような顔をして、アデルが駆けだした。

ナリスの後ろに入って一人で踊ろうとしたら、すぐにアデルと同い年くらいの女の子が現れて一緒に踊り始めた。

いいなぁ、あぁいうの。

「かわいいわねぇ」

「ホント。ほのぼのするわ」

後ろで見学しているアンリさんとルピアさんが話している。俺もまったく同感。

「ねぇ、コージ、あなたは踊らないの？」

「俺？　いや、俺は」

「若い子たちの輪もあるじゃないの」

「参加したら仲良くなれる子ができるかもよ？」

「そうそう。出会いの場でもあるからね」

二人が代わる代わる言ってくるけど、そういうの、ナシだから。

「アデルたちの家って、めちゃくちゃ遠いんですよ。ここで誰かと仲良くなっても、もう会えないわけで」

「二人を送り届けたら戻ってきたらいいじゃない」

それもないよ。俺は自分の世界に戻るんだから。

「この国はいいわよ？　気候も穏やかだし、治安もいいし。軍がしっかりしているから、犯罪者の検挙率はすごく高いのよ」

「へぇ」

「特に国境警備隊は優秀だから、越境者を見つけたらしっかり取り調べられるわ」

「………」

「まぁ、悪いことをしなければ、なにもないけどねぇ」

おばさんたちの会話に、アンドリューさんの言葉を思いだした。

国内を問題なく移動できるようにと家紋のついたペンダントトップを貰ったけど、越境したらペンダントトップは模様がわからないよう細かく砕いて、複数の場所に捨てろと言われた。

ずいぶん入念な指示だなって思いながら、粉レベルまで砕いて沢に撒いたけど、この国の国境警備隊が厳しいからか。

隣国の高位貴族の関係者が、正式な通行手形もなく山から入って来たってなったら、誰だって何事かと思うだろう。

しかも俺、ピースリーでは珍しい外見だっていうし。

だけど、カノジョは欲しいけどな！

しばらくダンスを見学して、アデルとナリスが踊り疲れて戻ってきたら、宿に戻ることになった。

アンリさんとルピアさんのツアーは明日、朝食をとったら出発だということで、あまり夜更かしはできないそうだ。

ちなみに祭りは明日の夕方には終了するらしい。観光客は昼食前後に出発し終えるそうで、そこから夕方までは、片づけを兼ねた地元の人たちで祝うとのことだった。

「楽しかったか？」

うん、俺もルルマ町の祭り、めちゃくちゃ楽しかった。

この後、大衆銭湯で温まり、アンリさんたちの部屋でぐっすりと眠ったのだった。

二人も大満足の様子で、よかった。

「おまつりたのしい、すきぃ」

「楽しかった！」


翌朝、朝食を食べ終えたら、アンリさんとルピアさんに礼を言って見送った。

また会おうね、なんて言ってくれたけど、その可能性は低い……というより、ないよな。

アデルとナリスも寂しいようで。

別れ際は笑顔で挨拶をして手を振っていたが、姿が見えなくなると明らかに肩を落としていた。

ちょっと押しが強かったけど、親切でおしゃべり好きで、面白いおばさんたちだったもんな。

今はほんのちょっとだけど、元気が戻っている感じだ。

滞在中、なにかにつけて話しかけてきたレインさんたちには、特に挨拶をすることもなかった。

というか、そういえば昨夜から姿を見なかったなぁ。もしかして、本職だから昨夜の段階からツアーを抜けて、宝探しに行ってしまったのかも。

「今日も観光するの？」

「たからさがしがいい」

アンリさんたちが泊まっていた宿の食堂で引き続き一服中の俺たち。アデルが話しかけてきた。

「そうだなぁ。午前中はゆっくりして、昼メシ食ったら宝探しに出かけようか」

「それでいいと思う」

「わーい、たからさがしぃ」

今日は大広場に舞台が作られて、演劇が披露されるとのことだ。だけど昼を過ぎたら片づけが始まるそうだけど。

「とりあえず大広場に行こう。席取りしないと」

「そうだね」

「いくー」

よっこらせと立ち上がり、大広場に向かう。

昨夜、キャンプファイヤー用の炬火台や、張ったロープに下げられていた無数のランタンは取っ払われていて、舞台やベンチが設置されていた。

「コージぃ、ここ、すわるぅ」

ナリスがベンチの一つを手でペチペチと叩いている。だけど、なんで一番後ろのベンチなの？

「もっと前に行こうよ」

「ここがいい」

「どうして？」

「まえのベンチはかんかくがつまってて、パウパウがすわれないからぁ」

……なるほど。

「でもさ、ここからだと俳優さんが遠くて見えにくいんじゃないか？」

「うーん、でもぉ、パウパウがすわれないのかわいそうだからぁ」

「そっか」

返事をしつつもアデルに視線をやると、なんともないような顔をしている。オッケーみたいだ。

「じゃあ、ここで」

よっこらせと荷物を足もとに置いてベンチに腰を下ろす。

俺の左右にアデルとナリスが座り、ナリスの隣にパウパウ。ピノは荷物の上に落ち着いた。

まだ開演までには時間がありそうだ。なにか飲み物でも、そう思った時、アデルの隣に十歳くらいの女の子が一人で腰を下ろした。

「アデル。俺、飲み物買ってくるから、ちょっと待っててくれるか」

「僕も行くけど」

「ナリスを見ていてくれ」

「わかった」

屋台に行き、水とオレンジジュースを三つと言いかけて、ちょっと悩む。

あの女の子、一人だったけど親御さんとか、あとから来るのかな。地元の子だったら一人で見に来てるってこともあるか。

「兄ちゃん、どうするね？」

「すみません、水とオレンジジュース四つで」

俺って人、良すぎかな？　まぁ、相手は子どもだからなぁ。

五人分のドリンクを買ってベンチに戻ると、アデルと女の子が話に夢中になっていた。

「あ、コージ、おかえり」

「おう。アデル、これ、オレンジジュース」

俺は袋からオレンジジュースを二本取りだして、その袋をアデルに渡した。

「ありがとう」

「ナリスも」

ナリスにオレンジジュースを渡す。

「はい！」

「あれ」

アデルが袋の中を確認して声を出した。

「どうかした？」

「一本……あ、そうか」

一人で納得し、一本オレンジジュースを取りだして、隣に座る女の子に手渡しする。水は俺に。その子は驚いたように目を丸くしながら、ジュースを手にした。

「これ」

「コージが買ってきてくれたから飲んで」

「でも……」

「いいんだ。気にしないで」

「ありがとう」

ほんわかするなぁ。

「コージ、この子、ミアっていうんだけど、この町のお祭りの成り立ちを教えてもらったんだ」

「そっか。はじめまして、俺はコージ。よろしくな」

「ミア。こんにちは」

　ニコッと笑う顔があどけなくてかわいい。

「それで、成り立ちって？」

「うん。この辺りはけっこう魔獣が出没するんだって。被害も大きくて、毎年何人も亡くなっているって。その人たちを弔うためなのと、生き残ったことを感謝するために賑やかにしているって」

　なんかこの三日の様子からは想像できないシリアスな成り立ちだな。

「今でも魔獣の被害って出てるの？」

　俺がミアに向けて質問すると、ミアは頷いた。

「どうして危ない場所に住み続けるの？」

　今度はアデルが質問した。

「ここは国境沿いの山奥の小さな町でしょ。領主様は不便な場所だからってすごく税金を安くしてくれてるの」

「税金？」

「うん。魔獣が出るから対策をしてほしいとお願いに行ったら、そんなお金はない、嫌なら町を捨てて移動するか、自分たちでなんとかしろって言われたそうでね。でも、麓の町とかってどこも税金が高いんだって。だからあきらめたそうなの。魔獣はいつ襲ってくるかわからないけど、税金は確実だから」

なんか……『論語《ろんご》』みたいだな。

トラが魔獣になっただけじゃねーの。異世界っていっても、人の営みは同じで、トラより政治のほうが怖いってことなんだなぁ。

「でもさ、町は確かに大きくないけど、けっこう豊かっぽいよ？」

「二十年くらい前まではすっごく寂《さび》れていたんだって。その時の町長さんが、財宝が隠されているって言い伝えを、町おこしに利用したのが始まりなんだって」

「へぇ。でも、稼げるようになったら、税金も高くなるんじゃない？」

「うぅん。稼げるのは祭りの間だけで、それ以外の日はそんなに賑わっていないから」

そうなのか。アンリさんたちの話では、確かに祭りは特別だけど、それ以外でもトレジャーツアーで盛況なんだと思っていた。

「ねぇ」

ミアがピノに視線を向けてきた。

「その生き物、見たことないんだけど、なに？」

「なに？　いや、俺もよくわからないんだ」

「よくわからないのに一緒にいるの？　もし魔獣だったらどうするの？」

「どうなるの？」

「怖いよ。食べられちゃうよ」

食べられるかな……ちょっとそんなふうには思えないんだけど。

「おにいちゃん、魔獣を舐めてるよ」

「そうかなぁ。こんなにかわいいのに？」

「大きくなったら、すっごく怖くなるよ！」

ミアが不穏なまなざしを向けているせいか、ピノはクルクルと喉を鳴らしながら俺の足に顔を押しつけてスリスリしてきた。

「今のうちに捨てたほうがいいと思うけど」

「それはちょっと」

そう言ったのはアデルだ。

「どうして？」

「だってもう仲間だもん」

「魔獣かもしれないのに？」

「だって……ねぇ」

アデルが俺に同意を向けてくる。

「そうだよ、もう仲間だ。それにピノは俺のこと、親だと思っているみたいなんだ。だから食われることはないよ」

「…………」

ミアは目を眇《すが》め、胡散臭そうな顔をする。

いや、客観的に見たらそうなのかもしれない。それは否定しないし、ミアが俺たちのことを思って言ってくれているのもわかる。

だけどずっと一緒に過ごしてきた俺たちは、ピノはもう仲間で、それ以外に考えようがない。

別れる時はピノが自ら《みずか》去って行った時だし、もし、万が一、襲ってくる可能性があったとしても、実際にそうなった時の話だ。

だってその時は食うか食われるか、命のやり取りだから仕方ない……と思う。

さすがに俺だって死にたくないし、アデルとナリスを死なせるわけにもいかない。

「まぁ、おにいちゃんたちがいいって言うんなら、私が反対することじゃないけど。でも、どうしてそんな得体の知れないものと一緒に行動することになったの？」

得体の知れないもの、かなぁ。三十センチのヒヨコビジュアルで、水かきがある足だけど。

俺は聖獣魔獣の魔力の気配なんて感じられないから、よくわかんないけどさ。

「そっちの聖獣はアドバイスしないの？」

パウパウは興味なさそうにしているし、ナリスは話は聞いているけど口を挟む気はないらしい。

「パウパウ？」

俺が促すと、パウパウはチラリと俺を見てからピノに視線をやった。

『危害を加えようとした段階で僕が倒すから、アドバイスの必要はないんじゃない？』

まったくもって明瞭完結な返事だ。

けど、こいつ、その場合、躊躇《ちゅうちょ》しないっていうこと？　あ、いや、危害を加える相手を倒すことと、倒す相手にどんな気持ちを抱くのかは別問題か。

どんなにつらくとも、手を下さないといけない場合とか、こととかってあるよな。

なんか、天使のことを思いだした。天使って正義を貫くためは容赦しないって聞いたことがある。

パウパウは聖獣だから、そんな感じなのかな？

「そうなんだ。でも……やっぱり、一緒にいないほうがいいと思うなぁ」

「気をつけるよ」

「…………」

ミアは釈然としない様子で俺の顔を見返す。

なんか……外見はどう見ても十歳くらいなのに、雰囲気が……なんというか、子どもには思えなくなってきた。うまく言えないけど、不思議な感じがする。

外見は子どもだけど中身は大人、みたいな？　違うかなぁ。

……やっぱりうまく言えない。

ガシャーンとシンバルみたいな音がして、ハッとなって正面を見ると、舞台の上に人が立っていた。ベンチもいつの間にか全部埋まっている。

帰っていくツアー客も少なくないって聞いていたから空いているかと思いきや、まだまだ残っているんだ。一芝居、二芝居、観てから出発しようって感じか。

舞台上で挨拶があって、芝居が始まった。

俺はそれを聞きながら、何気なくアデルのほうを流し見たら、ミアの姿がなかった。

どういうこと？　芝居観るんじゃなかったんだろうか。

でも始まった芝居に引き込まれ、俺の意識は舞台に集中してしまった。

出し物は短めのものが午前に三幕、午後は長めの劇が二幕。

午前と午後に休憩があるが、それ以外は特になく、準備ができたら始まる感じで、客は好きな時に出入りしている。

午前の三幕はコントだった。

めちゃくちゃ面白かった！

こんな山奥の小さな町の芝居だからと侮《あなど》っていたけど、なかなかうまいし、笑わせてくれる。

午後は喜劇と悲劇らしい。

喜劇はいいとして、悲劇はアデルとナリスには難しいだろう。特にナリスは。

昼メシのために席を立ったが、やはりミアの姿はなかった。

アデルにいつからいなくなったか聞いてみたけど、気づかなかったそうだ。

昼メシを食べたあと、食料をたっぷり買い込んだ。肉、野菜、調味料、米とかパンとか、粉とか。

そんなに持てないだろうと思うだろ？　ふふふっ。それがめちゃくちゃ便利なものを手に入れることができたんだ。

なんとそれは、魔石をセットしたら浮くリュックなんだ！

浮くって言っても、ドローンみたいなものじゃなく、その場で止まっているレベル。

リュックの底にプロペラがついていて（扇風機みたいに羽根は囲われていて触れることができない）、魔石をセットしてスイッチを入れたらプロペラが回って少しだけ浮く仕様になっている。

背負った時に鞄自体が浮いてくれたら軽くて大助かりだろ。

で、それを三つ購入して、二つは太めの紐二本で繋ぎ、パウパウの体の両脇に下げた。

よく馬とかロバが両サイドに荷物を提げている感じだ。

嫌がるかなって思ったけど、大事な食料なんで文句は言わなかった。その代わり、献立《こんだて》はあいつ中心になりそうだが。

もう一個のリュックはアデル用だ。

自分も荷物を持ちたいと言うし、便利グッズはあったらあるだけいいから。今は買い込んだ食料を入れている。なにせ一食四人分用意しなきゃいけないから。

大きな街だったら、プロペラ部分だけのものがあるらしい。鞄の底にセットできるようになっていて、合体させたらこのリュックと同じ効果があるそうだ。街に行ったら探してみようと思っている。

「しゅっぱーつ！」

ナリスの掛け声のもとで出発となった。

そう、宝探しに。

アンリさんたちから貰った、トレジャーツアーで配られた地図を広げる。

ホントに財宝が隠されているとは思ってないけど、山の中を歩くならこういうのをやりながらでもいいかな、と。

楽しそうだし、アデルとナリスも大賛成だし。

地図はこの辺りを少々デフォルメされた感じで、何種類かの記号が記されている。

一種類一つしかないものもあれば、複数描かれているものもある。複数ある記号は、集まっていたり、バラけていたり、様々だ。

こうやってじっと眺めていると、言い伝えと宝探しツアーは別物なんだろうなって気がしてくる。つまり、時の町長が町おこしのために始めたイベントだって言ったミアの話が正しいってこと。

そう思う理由は、町を中心にして三百六十度すべてに記号が散らばっているからだ。盗賊が貴族の屋敷から財宝を盗みだして隠したなら、目的の場所は一点のはず。分散させたとしても、せいぜい二、三か所だろう。しかも大きく離れた場所ではないはずだ。

こんなに目印や目安とおぼしき記号が街の周りに散らばっているということは、意図的に宝を隠して、ツアー客に見つけさせて喜ばせる、だけどそれは見るからに残念賞で、言い伝えの財宝ではない、というオチにしてるんじゃないかな。想像だけど。

だからこの地図は遊びのための玩具に等しいと思うんだ。

でも、みんながそれをわかっているなら、別に騙しているわけでもないし、お約束を楽しもうってな感じでいいんだと思う。

俺たちも、そういうつもりで楽しみたいと思ってるし。

まずは道なりに進む。

最初は祭りの見学を終えて帰っていく人たちがいっぱいいたけど、少しずつ散らばっていって、そのうち半分以下になった。

麓まで行かないと店とか宿はないらしい。みんなけっこう先を急いでいる感じがあったが、俺たちはのんびり歩き、ドンドン抜かれていくけど、気にしない。

地図では、この先にもいくつか記号が書かれている。

「コージ、どっちに行く？」

道が二股に分かれている。地図を見たら、俺たちがいる場所らしいところから少し先に、十のマークと▶のマークがついている。

記号の意味がちょっとよくわからない。アンリさんたちに聞けばよかった。

今更後悔しても遅いけど。

「んーー、この地図から行くと、記号のあるのはこっちの右側だよな」

「ここまで行ったら、この記号がある場所にたどり着くって感じなのかな？」

「そうじゃねぇの？」

「じゃあ、右側に行こうよ。なにもない方向に行くのは変だと思うし」

「だよなぁ」

ということで、右側の道に行くことにした。

パッと見た感じ、右側は登りで、左側は下りだ。気持ち的には左に行きたいけど、アデルの意見が正しいと思う。

チラリとパウパウを見るが、なにか言う素振りはないので、黙ってついてくるつもりなんだろう。

『コージ』

俺が顔を見たせいか、呼ばれた。なんかアドバイスしてくれるのか？　聖獣のアドバイスはありがたいと思ってるんだけど。

『晩ご飯、なににするの？』

……まぁ、そうだよな。期待した俺が愚かだった。

「今はたんまり食材があるから、お前のリクエストでいいけど？」

『ホント!?　じゃあー』

「うん」

『えーっと、えーっと』

悩んでいる。

『…………』

「パウパウ？」

『なんでもいい』

「なんだよ、それ」

『決められない。でも、今まで食べたことのないのがいいなぁ』

「了解。とっておきの食材を買えたから、期待しとけ」

『やったー！』

「やったー！」

ナリスも同じように歓喜をあげた。

そう、今夜はシンプルかつ、うまい季節メシを狙ってるんだ、俺。

シンプルすぎて、パウパウは満足させられないかもしれないけど。

そんなこんなワイワイ話しながら道を進んでいると、太い木の幹に十の記号が彫られた石板が括《くく》りつけられているのを見つけた。

「コージ！　あれ！」

「ホントにあるんだな」

「たからものみっけぇ？」

「ナリスは気が早すぎ」

ナリスがプッと頬を膨らませ、口を尖らせる。

「はやくたからものほしいよぉ」

「ナリスは宝物ってなんだと思ってるんだ？」

するとナリスは腕を組んで首を傾げた。

「……なんだろ」

「おいおい」

俺やアデルがはしゃぎモードだから便乗してるだけかな。

「コージ、十字の次は？」

「右向き三角なんだけど、道がないっぽい？」
▶は十の右斜め上にあるんだけど、そこって道がない。それとも密集した林の中を進めってこと？
「林の中に入れってことかな？　でもさ、これって観光ツアーのゲームみたいなものなんでしょ？　そんな危ないことするかな？」

俺と同じことを考えてる。

「同意見。ちゃんとした道を歩こう」

「うん」

ナリスはずっとパウパウの背中の上だから心配はないけど、俺がどこまでアデルの安全を守ってやれるかわからないから、無理は禁物だ。

だけど十記号を越えてから一時間ばかり歩いたら、けっこう坂道のこう配《ばい》がきつくなってきて、アデルの息があがり始めている。

「そろそろ休憩にしよう」

「はーーい」

ナリスは元気な返事はするが、アデルは頷くだけだ。

道からそれて少しだけ林の中に入り、腰を下ろす。パウパウの体からリュックを取り、中から牛乳のボトルを取りだした。

このリュックは魔石があれば冷やす機能もついているので、ボトルがけっこう冷たくて気持ちがいい。

卵と砂糖をかき混ぜて馴染ませ、そこに牛乳を混ぜる。出来上がったミルクセーキを四つのコップに分けて配った。

みんな無言で飲んでいる。

冷たさをキープできるアイテムをルルマ町で買うことができたから、これからは食べるもの、飲むもの、けっこうレパートリーが広がるかな、と思っている。もちろん、食材を手に入れることができたら、だけど。

『さっきの話だけど』

パウパウが手を出しておかわりを要求しながら話し始めた。

ミルクセーキを注ぎながら、なんだ？　と返事をすると、

『あの女の子、変だった』

その言葉に俺はドキリとなった。

俺もミアになんとなく変な感じを抱いたから。

アデルはきょとんとなっている。

「あの女の子ってミアのこと？」

『うん』

「なにが変なんだ？」

『人の気配がしなかった』

ぶっ。

飲みかけたミルクセーキを噴きそうになって、慌てて口から離す。

『かといって、魔獣でもない』

「じゃあ、人型になった聖獣？」

『……そこまでわからなかった』

「じゃあ魔獣ってことじゃないのか？」

『魔獣の気配ではないことはわかったけど、魔力の気配自体が弱くて薄くて、不思議な感じだった』

「なんで？」

『そんなのわかんないよ。僕やピノがいるから、探りに来たのかなって気もする』

探り……そういや、ミア、やけにピノを牽制していたっけ。

『それに、あの町の祭りの成り立ちの話、どうなんだろう』

「どうって？」

パウパウはあいているほうの手を顔の高さまで持ち上げ、鋭い爪が生えた人差し指を俺に向けた。

『けっこう魔獣が出没して、被害も大きくて、毎年何人も亡くなっている、それは今も続いているって言ってただろ？　でも、あの町も、この辺りも、この山々も、気配は澄んでいて魔獣が出没するって気がしないんだ』

「そうなの？」

『うん。むしろ、聖獣の群れでも住み着いてる気がするくらい。数って意味じゃない。それだけ気配が濃いって感じ』

「ミア、俺たちに嘘をついた？　なんでそんなことをする必要があるんだ？」

『そんなの僕にわかるわけがないよ』

……そりゃそうだ。

「ピノのことが気になってたみたいだよね」

アデルが言うと、パウパウは頷いた。

『僕から見たら、ピノとあの女の子は似た気配に感じるんだ。だから気になったんじゃないかなって』

「同類ってこと？」

『そうかなって思うけど、自信はないよ。僕も聖獣としての力と勘で判断しているだけで、すべてを知ってるわけじゃないから』

「ピノは無害だと思うんだけどなぁ」

俺が呟くように言うと、パウパウは大きな目を眇めた。

『コージが異世界の住人じゃなかったら大否定するところだけどね。ヒナの間は無害だろうから、このままでいいよ。でも、僕はコージと、アデルとナリスを祖国に連れて行くまで安全を守るって約束したんだから、ピノがなにかやらかしたら容赦しないからね』

聖獣ってやつは人間に協力的だけど、好きとか嫌いとかで行動しているんじゃないのかもしれないな。

「それは頼もしいけど……俺としては、一緒に旅をしている仲間を失いたくないんだけどなぁ」

『それはピノに言いなよ』

おっしゃる通りだ。

説得できるのかわからないけど……でもさ、ＳＮＳで流れてきた動画に、赤ん坊の時から一緒だった猛獣（トラとかライオンとかジャガーとか）が育ての親である人間にめちゃくちゃじゃれついて甘えている映像があった。

もしピノが魔獣だったとしても、そんなふうにならないかな。俺としては期待しているんだけどな。

そんな会話を交わして、俺たちは宝探しを再開することにした。

上り坂は続く。そして最初に▶記号とは逆に向かっていた上り坂は、急に右カーブに入り、さらにこう配がキツくなった。

「アデル、大丈夫か?」

「うん」

「ムリするなよ。キツくなったら止まっていいから」

今度は声に出さず、頷くだけだ。

「これ、俺が持つから」

「でも」

俺はかぶりを振り、アデルの背中からリュックを取りあげた。

最初の頃、後ろにリュック、前にナリスってスタイルで歩いたことがあった。

あれは正直、キツかった。それに比べればアデルが背負ってるリュックを持つくらい易いことだ。だって、浮く機能がついてるんだから。

どれくらい歩いただろう。

時々立ち止まりながら二時間くらいだろうか。急に前がひらけた。

「うわっ、すごい!」

アデルが息を切らせながら大きな声を出した。

確かに、すごい！

坂が急なだけあり、一面を見下ろせるパノラマビューが広がっている。

連なる山脈はいくつもの高低差を持った深い緑で覆われ、一方では滝が落ちてて水しぶきが虹を作っている。

「僕らが泳いだ滝つぼってあの辺りなのかな」

「だろうな」

そこから少し視線をズラすと町が見えた。ルルマ町だ。

五時間ばっかしか歩いていないのに、ずいぶん来たんだなぁ。いや、上に進んでいただけで距離はそんなに得られていないのかもしれない。

「コージぃ。あれ、ちずにあったのじゃない？」

ナリスに声をかけられてハッと我に返り、言われた場所を見たら、大きな岩がむきだしになっている場所が下方にあって、その岩の形が▶に見える。

あれが？　ツアー用の地図を作った人は、ここまで登って周囲を確かめたんだろうか？　それともなにかの地図を参考にして、ミスリードも含めて、らしく見えるように記入したんだろうか。

だけど……すげぇわぁ。

改めて、絶景！

これぞ山登りの神髄、そう思えるくらい、遠くまで見渡せ、眼下に広がる木々の深みが美しい。

だけど、それだけじゃなかった。

陽が傾き始め、周囲がゆっくりと夕陽に染まり始めた。雲の厚薄《こうはく》によって光の反射の度合いが異なり、赤が濃かったりオレンジだったり。

風にゆっくりと流れている雲の影が夕陽の反射角度を変え、木々に落とす光の筋が幾重にも連なっている。

夕陽にばかり捉《とら》われていたが、反対側に視線をやると、太陽から離れた場所は藍色の世界だ。闇に溶けようとしている。

ランタンに火を灯し、うっとりと眺め続けている俺たちは、結局太陽が完全に沈むまで見惚れていた。

さて、次は寝床を作って夕食だな。

そう思っていると、パウパウと目が合った。

こいつは夕陽よりメシだよな。顔面全部使ってそう訴えている。けど、あんまり俺が感動しているもんだから、黙っていたんだろう。

「腹減ったよな。メシにしよう」

『今から取りかかったら、けっこう時間がかかる』

恨めしそうなまなざしだが、俺には秘策があるんだ。

「すぐは無理だけど、そんなに待たせないよ」

その途端、パウパウの大きな目がキランと輝いた。

テントを張れる場所がないか周囲を確認しながら来た道を戻ると、高低差のあるちょうどいい場所を見つけた。

アデルとテントを張り、簡単な石の囲炉裏《いろり》を作って火を熾《おこ》す。

アデルはもちろんのこと、ナリスも自分の役目がわかっているので、テキパキと手伝ってくれるから準備はすぐに調い、調理に着手するのはすぐだった。

さて！　今夜の目玉メシは！

「じゃーん！　トウモロコシだ」

アデルとナリス、それからパウパウが俺の取りだしたトウモロコシを見つめる。

明らかに、それが？　という目をしている。

もったいつけてしまったもんだから、どんなすごい料理が出るんだと思っているんだろうが、旬のトウモロコシのうまさを知らないみたいだ。

『野菜のひとつだろ？』

「まぁな」

まずはトウモロコシご飯だ。

トウモロコシの粒を削いで、洗ったコメの上に載せる。芯も一緒だ。この芯が香りを引き立ててくれるから絶対必要。

塩で軽く味つけをして、火にかける。

次に網の上に皮付きのままのトウモロコシを四本並べる。

トウモロコシは生のまま焼いたらはねるから、蒸し焼きにして火を通したほうがいい。それに水分を閉じ込めて蒸したほうが甘みが増してうまいんだ。

トウモロコシの隣には塩を塗り込んだ牛肉の塊を置く。

玉ねぎは輪切りで四つにする。ナスは縦半分。

並べている間にトウモロコシの皮が焦げてくるので九十度回転させる。

肉も同じで九十度回転させて焼き目をつける。

隣で湯を沸かし、粉末のブイヨンを入れて溶かす。次に軽くほぐした卵を流し入れる。一度沸騰させて臭みを飛ばしたら弱火になる場所に移動させ、手で千切ったレタスを放り込む。少し待ってから食器によそってみんなに配る。

そうしている間にまたトウモロコシの皮と肉に焦げ目がつくから九十度回転させて焼き続ける。

薄くスライスしたパンに塩とコショウを軽くまぶしたら、焼けた玉ねぎとナスを置く。

またトウモロコシを回転させ、肉はここでスライス開始だ。

一センチ半くらいかな、二センチはあるかな、とにかくスライスして、断面を軽く炙ってナスの上に置き、パンでサンド。これで一つ完成だ。

四人分作って、いただきますをしてから食べ始める。

「おにく、おいしいっ。じゅわーってぇ」

「肉厚だから食べ応えあるよ」

感想を言ってくれるアデルとナリスとは異なり、パウパウは食べることに必死だ。

俺も肉サンドを齧《かじ》りつつ、すっかり焦げたトウモロコシの皮を剥いで、また網の上に戻す。ここからクルクル回しながら強火で一気に焦げ目をつける。時折、パチパチいって実が弾けるが、それがまたうまさを引き立ててくれる。

「できた。焼きトウモロコシだ。うまいぞぉ〜」

本当は醤油を塗って食べたいところだけど、ないものは仕方がない。

大胆に塩を振りかけ、一本ずつ手渡していく。

「熱いから気をつけろよ」

「はーい」

「これ、かぶりつくの？」

「そうだ」

アデルは縦にしたり横にしたりと眺めている。

「アデル？」

「どこから食べたらいいんだろう。トウモロコシって粒になったのしか食べたことがなかったから」

「端からでもど真ん中でも、好きなところからバクッといったらいいよ。端から食べ始めて横に進んでいく人もいるし、回転させながら縦にいって、そっから横に進む人もいるし。自由だから」

アデルはトウモロコシを見つめている目を俺に向けた。

「コージは？」

「俺は横に食べ進める派かな」

「そっか。じゃあ、僕もそうする」

そう会話している俺たちをよそに、ナリスはすでに端から齧りつき、パウパウはど真ん中に食いついている。

こういうの、ホント、性格出るよな。

『これ、おいしい！』

おっ。

『すごく甘い！』

「うん、あまい～」

『焼いただけの野菜なのに』

「ホント、おいしい。甘いのに、焦げ目がついているところが芳ばしくて」

「だろ？　焼きトウモロコシは本当にうまいんだよ！　しかも野外で食うには相性抜群だし。やー、サイコー」

焼きトウモロコシを食べ終えたら、次はトウモロコシご飯だ。

なんか炭水化物ばっかだけど、時にはこういうのもアリだよな。

鍋の蓋を開けたら、ぶわってトウモロコシのいい香りが広がって、黄色に輝くトウモロコシが色鮮やかだ。

「うわー、すっごいトウモロコシ！　って感じだね」

『食欲そそる～』

「いいにおい～」

芯を取り除き、よく混ぜてから四人分よそって配る。

アデル、ナリス、パウパウはトウモロコシご飯を、目を輝かせながら食べている。

俺も多めのトウモロコシご飯を口の中に放り込んだ。

うまーい！　ホント、最高。

こんな感じでテンション高く夕食をとり、眠りについた。

ナリスがすぐ寝るのはいつものことだけど、アデルは体力的にも限界だったようで、片づけの途中から船をこぎ始めた。

だからナリスの面倒を頼む形でテントに押しやり、俺は一人後片づけを始める。

『手伝うよ』

そう言われて振り返ったら、人型になったパウパウが立っている。

初対面の時に見た姿だ。髪からなにから真っ白のイケメンのお兄さんって感じ。

「珍しいな、人型」

『こっちのほうが手伝いやすいから』

「どういう風の吹きまわし？」

『別に。ただ、昼間も言ったけど、この山々、聖獣の気配が強いから、いつでも動けるようにこういうの、早く終わらせるほうがいいかなって』

その言い方、あんまりいい印象を受けないんですけど。

二人でやったらあっという間だ。だけどここは水辺ではないから、最小限の飲み水を使って汚れを簡単に取ることしかできない。

焚き火に小さな魔石を三つほど入れて火が消えないようにする。これでミッション終了。

俺も寝るとするかな。

そう思いつつ何気なく空を見上げると、星のすごさに驚いた。

銀河のど真ん中に放り込まれたみたいだ。

そっか、ここ、かなり高いから。

「…………」

『コージ？　どうかした？』

「…………」

『コージ？』

「え？」

俺の顔を覗き込んでいる顔が、一瞬、誰だかわからなかった。

「パウパウか……」

『今は僕しかいないよ』

「そうだな」

『なんか、泣きそうな顔してたけど、なにを考えていたの？』

泣きそう？　俺が？　まさか。

「星がきれいだって」

『それだけ？』

「それだけ」

『……そっか。じゃあ、まだ見てる？』

星……どうしよっか。

『流れ星とか見れるよ、きっと。僕は寝るよ。荷物とナリスを乗っけて一日中歩くのは、さすがに疲れるし。大丈夫だけど』

「そっか。悪いなぁ」

『コージが謝ることないよ。おいしいご飯のためだから』

ニマッと笑うと、パウパウはいつものもふもふに戻ってテントに向かって歩いて行った。

その背をしばらくぼんやりと見送ってから、もう一度空を見上げる。

やっぱりすごい。星に手が届きそうだ。

この感じ、富士山を思いだすなぁ。山頂から見る夜空は満点の星空で表現しがたい美しさだから。

落ち着いて見てみると、日本で夏に見られる星座はなかった。

星座に関してはそれほどくわしくないものの、代表的なものくらいは知っている。

さそり座とか、いて座とか、こと座とか。

こと座の『織姫星』である『ベガ』は白く輝く一等星だ。だからすぐにわかる。

手が届きそうと思いながらも、実際は遠い。それなのに星の瞬きが目に痛いくらい眩しい。

なんか……わけもなくしんみりし始めた時だった。

ガサッと不自然な音がした気がして、ハッと我に返った。振り返ってみるが、誰もいない。

テントの前でパウパウとピノがくっついて眠っている。

気のせい？　俺も歩き疲れてるんだろう。寝よう。

テントに行き、正面の軍幕を捲ったら。

「………」

狭いんだから仕方ないんだけど、アデルとナリスがそれぞれ反対向きで大の字を書いて眠っていた。

割り込んだら起こしてしまいそうだ。これはやめておこう。

『コージ？』

「起こしちゃって、悪い」

ピノを抱っこしてパウパウの腹に凭《もた》れかかる。

あったかい！

パウパウの体温に包まれたら急に強烈な眠気が起こってきて、俺は寸秒《すんびょう》で眠ってしまった。

目が覚めたらアデルとナリスがすでに起きていてビックリした。よほど眠りこけてたみたいだ。

しかも二人、湯を沸かして、目玉焼きまで焼いてるから驚きだ。

「いつもコージに作ってもらってばっかりだから」

「めだまやきはナリスもつくれるぅ」

「そっか」

パンの上にレタスを敷き、すでに焼いたハムと出来立ての目玉焼き。その上に軽く塩とコショウを振って、ナリスが俺に差しだしてくる。

俺が眠り込んでいるから疲れてるんだと思って、寝かせてくれたのか。

なんか……ジーン。

「ありがとう。いただきます」

うん、うまい。

アデルとナリスは俺の感想が気になるようで、自分たちのサンドイッチを食べずにじっとこちらを見つめている。その視線の熱いこと！

「うまいよ！」

「ホント？」

「ホントぉ？」

「ウソなんか言わないよ。マジ、うまいって！　アデルとナリスに作ってもらえてうれしいし！」

そう言ったら二人はぶわって笑顔になって、互いに向きあい左右の手を握りあった。そしてやった！　と声を上げる。

なんか……ジーンと来るんだけど。

「コージ、紅茶もいれたんだ。これ、飲んでよ」

「おう、ありがとう。……あちっ」

感動の気持ち全開で、その勢いでカップに口をつけたもんだから、唇の先が紅茶にぶつかってしまった。

「コージぃ、だいじょうぶぅ？」

「うれしすぎて焦った。大丈夫」

落ち着いてもう一回トライ。今度は問題なく飲めて、一服つけた感じ。

「茶葉の量、ちょうどいいいじゃないか。うまいうまい」

「やったぁー！」

ナリスが万歳する。朝食はアデルで、紅茶はナリスがしたのか。

二人とも、いつの間にこんなにできるようになっていたんだろう。

手伝いは最初の頃からやってくれたたし、ここ数日は細かく指示しなくてもなにをしてほしいか言うだけでこなしていたけど。気づかなかった。

子どもの成長って、想像以上に早いんだなぁ。

「コージ、これから朝ごはんは僕たちが作るよ」

「だいじょうぶっ！　まかせてぇ」

「そっか。じゃあ、頼もうかな」

二人揃って、うん！　と元気な返事をしてくれる。子どもながら、俺に悪いと思ってくれていたのかな。

小さな子どもだから俺がやんなくちゃって思っていたけど、この子たちも成長しているわけだから、俺も任せられることはドンドン任せて、頼りにすればいいのかな。

なんか、ますますジーンと来るんだけど。

感動の朝食をとったあと、今日も宝探しに出発した。
▶の記号を示していると思われる岩はここからずいぶん下だし、直接、岩の場所に繋がる道はない。来た道を戻りつつ、▶記号の岩に続く道を探す必要がありそうだ。
そう考えると、この地図は宝探しツアー用にしては不親切な気がするなぁ。

同じ記号が複数あるのと、▶の記号みたいにぽつんと離れていること、しかも通じている道もないのと、なんか違和感がある。勝手な推測だけど、やっぱり元々あった地図の上にツアー用に用意した謎解きアイテムを書き加えたんだろうと思う。

となると、他の記号とは違って浮いてる感じのする▶記号のほうが、断然興味が湧くってもんだ。

「アデル、気をつけて」

「うん」

急こう配の坂をのぼるのもキツかったけど、くだるのも大変だ。むしろくだりのほうが、足を滑らせる可能性があるから注意しないと。

念のためにパウパウを見たら飛んでいる。歩くより安全と判断したようだ。ピノもパウパウの背に乗っているのが笑える。

慎重に坂をくだっていたが、アデルが何度か滑りそうになったので、一計を案じることにした。

こう配がマシな場所まで先にパウパウがナリスとピノを送り、戻ってきてアデルを乗せるという方法だ。

ピノと一緒だからとてまったく安全ではないけど、一人で待つよりもナリスだって心強いだろう。

「とにかく、パウパウとアデルが来るまで、絶対その場を動くなよ」

「わかったぁ！」

「約束だからな」

「やくそくぅ」

ニコニコしている顔からは頼りなさを感じさせるが、王子様として厳しく教育されているのか、幼いのにちゃんと約束を守るから不安はないんだ。

「ピノ、ナリスを頼んだぞ」

『ピヨーーー』

たぶん、こっちのほうが心配なんだけど、まぁ、一人と一羽でちゃんと待っていてくれるだろう。

ナリスたちを見送り、俺たちはこの場で待つことにした。

進んでいてもいい気がしたけど、アデルの体力を消耗させることもないだろう。

「水、飲んだほうがいい」

「うん」

二人して水筒の水を喉に流し込み、はあ、と大きく深呼吸する。

「ねえ、コージ」

「ん?」

「地図のさ、この記号だけど」

アデルが指さしたのは▶のマークだ。

「どうしてわざわざ描かれているんだろう」

「どういう意味?」

「だってさ、こんなキツい坂をのぼらせて上まで行かせても、得られることって三角の岩を見つけるだけでしょ」

俺が、うん、と相槌を打つ。

「あの場所から三角の岩まで直接行けるわけじゃなく、来た道を戻ることになるなら、地図に描かなくていいと思うんだ。ってことは、宝探しには、上まで行って三角の岩を見る必要があるってことでしょ？」

「……そう、かな」

「下の道からも三角記号の場所に続く道はなかったよね？」

なかった。

「ってことは、林の中に入って三角の岩まで行けってことじゃないの？」

「……じゃあ、この十のマークはいらないんじゃないか？　これがなかったら、俺たちはあの時点で林の中に入っていた」

アデルはかぶりを振った。

「今の僕たちは上から見て三角の岩を確認したし、だいたいの方向を把握してる。山道からでは三角の岩の場所はどこかわからないと思う」

確かにそうだ。

「この三角の岩、なにかあるんじゃないかな。おばさんたちの様子からは、この道を通って上まで行った感じはなかったよ。これだけキツかったら、おばさんたち、きっとつらかっただろうから話に出ると思うんだ」

「財宝に関係している？」

「それはわからないけど、なにかあるんだと思う。この辺り、パウパウが聖獣の気配が強いってずっと気にしてるでしょ」

なるほど。それは一理《いちり》ある。

目標があったほうが面白いから岩まで行く気になったけど、これからは真剣に向かったほうがいいかも。

「なにか見つかるかな？」

俺が浮かれた口調で言うと、アデルも笑った。

「だったらいいなぁ。僕は財宝でなくてもいいけど」

それは俺もだ。

別にこの世界で金持ちになりたいわけじゃないし。むしろ、そうだなぁ、二人をファイザリー王国に一足飛びに連れて帰ってやれる魔法みたいな、すごい力が得られたらいいんだけど。さすがにそれは無理かな。

「それにしてもこの地図、どこまで正確なんだろうなぁ」

「どうだろうね。昔からあるものを参考にして、そこから手を加えたような気がするんだけどな」

「あ、それ、俺も思ってたんだ」

「ホント？　コージと同じだったら正解かな」

「いやいや、俺の考えてることなんていい加減だから」

なんて話をしているうちに、パウパウが戻ってきた。

両脇に提げていた荷物を下ろしていて、俺が背負っているバックパックも一緒に運んでくれるとのことだ。

すげぇ助かる。

「じゃあ、アデルを頼んだぞ」

『了解。下で待ってるから』

「コージ、あとでね」

「おう」

手を振ってアデルとパウパウを見送る。

姿が見えなくなったら、なんだか急に力が抜けた感じがして、少しの間、呆《ほう》けていた。

いやいや、しっかりしないといけない。

急いで進んで、みんなが待ってる場所に行かないと。

そう思って足を速めようとした時、パキッという枝を踏む音が聞こえたような気がした。

近くに誰か、もしくはなにかいる？

立ち止まって辺りを見渡す。だけど、人や獣がいるような気配はなかった。

気のせいかな。

気負わずやってるつもりではいるけど、どっかで緊張していて、気を張っているとか？

もう一度見渡し、なにもなさそうなので歩みを再開させた。

足を取られないように気をつけるもんだから、思うように進めないし、くだりは足に来るからだんだん膝が笑い始めてくる。

こういうのも過去のソロキャンプでは経験済みだから、焦ることはない。

でも、一人の時と違って、先で待ってくれている人がいるとなると、早く合流したくて急いてしまう。

三十分くらい経ったら、ちょっとこう配がマシになったので、ペースが上がってきた。

で、さらに三十分くらいしたら、手を振っている小さな人影を見つけた。

「コーーーージーーーーーーー！」

「コーーーージーーーーーー！」

二人の声が聞こえてくる。

腕を精いっぱいのばして手を振って応じた。

「コーーーージーーーーーーーー！」

「コーーージーーーーーーー！」

そんなに力いっぱい呼ばなくても。

うれしいけど！

「コーーーージーーーーーーー！」

「コーーーージーーーーーーー！」

近づき、二人の顔が見える辺りまで行くと、なんだがちょっと様子がおかしな気がしてきた。

「コーーーージーーーーーーー！」

「聞こえてるって」

ようやく到着すると、アデルとナリス、それからパウパウまで、なんだか緊張した面持ちをしてるんだが？

「どうかしたのか？」

「コージを待ってる間に、記号の岩を探してみたんだ」

「おう」

「そしたら見つかったんだけど、その岩」

「うん」

「動いてるんだ」

……は？

「だから、あの三角記号の岩、動いてるんだよ。あ、歩き回っているっていう意味じゃないんだ」

「なんかねぇ、すーごーすーごーっていきしてるみたい」

息してるみたい……どういうこと？

「その場からは動かないけど、こう、表面が上下とかに動いているって感じ？」

「そうそう！」

「うん！」

二人が力いっぱい頷く。

岩が呼吸してるって？

まさか。

ちらりとパウパウを見てみると、頷いている。

マジか。

「とにかく行ってみよう」

俺以外はすでに三角岩の場所を知っているから、迷うことなくまっすぐ向かう。二十分くらい歩いただろうか（案外近かった）、少しひらけた場所に出た。

黒くてでっかい岩肌が剥きだしになっていて、横からではただの壁で三角には見えない。

「どこが動いてるんだ？」

「こっちだよ」

アデルを先頭に、ナリスとパウパウ、そしてピノが進む。俺は最後尾でついて行く。

壁伝いに進んで林の中に入ると、アデルが人差し指を口元にやって、もう片方の手を耳の後ろにやった。

「ほら」

声を殺して言われ、俺も耳をそばだてる。

確かにグーフーグーフーという小さな音が聞こえてきた。

「ホントだ」

「もう少し先なんだ」

アデルはそう言って歩き進める。二十メートルくらいかな、歩いたらアデルが立ち止まり、指をさした。

「あれ」

なんだ、これ。

黒い岩の一部、細長い楕円形の穴が開いている。大きさは百七十五センチの俺が屈《かが》む必要なく通り越せるくらい。横幅が一メートルくらい。

穴から奥は見えなくはないけれど、オーロラのように色が動く半透明の膜みたいなものがあって、それが前後に動いている。振動している、と言ったほうが正しいのかな。

洞窟の入り口?

だったらこのオーロラの膜はなんだろう?

「奥に光るものが見えるんだ」

光るもの?

「コージ、あれなんだけど」

アデルが指をさしたので、俺は屈んでアデルの高さになり、指先の方向を見た。

色が邪魔して光なんて見えないけど?

「……ないぞ?」

「待って。じっと見てたらわかるから」

目を凝らし、オーロラの奥を見ようと頑張る。色が揺れて薄くなった時、確かに球体が見える。

「あ」

金色の部分もあれば、銀色の部分もある。金と銀の輝きが混ざりあっている感じだ。

「ほらね」

「確かに……でも、ここから近いか遠いかもよくわからないな」

「そうなんだよ。でも、なんか、すごいもののように思わない?」

すごいもの……そうかな？

「おーきなほうせきかもぉ！」

ナリスが万歳しながら言う。

『僕は聖獣に関係しているんじゃないかと思うんだよね』

パウパウが横から言葉を挟んできた。

ずっとこの周辺では聖獣の強い気配がしているって言ってたもんな。

「ここが洞窟とかになっていて、奥に聖獣がいるかもってこと？」

『かなって思うんだけど、入り口がよくわからないんだ』

パウパウがオーロラの部分に手をあてるが、触れられるだけで自らの力で動かすことはできない。

「他に入るところはないかな」

『探すしかないね』

探す、かぁ。

「みんな、あの光るものに興味あるわけ？」

「ある！」

ナリスが元気に返事をする。アデルは言葉こそ発しなかったが、力いっぱい頷いている。

俺は、宝探しは興味ありありだけど、洞窟の中とかはちょっとなーって思うんだけど。

単に出られなくなったらどうしようって。

「おもしろそうだもん」

「聖獣がいっぱいいたら、すごくいいことがありそうじゃない？」

『今までずっと感じていた聖獣の気配の正体が、この中にあると思うんだ。突き止めたい』

みんな行く気満々だな。

「コージぃはぁ、いきたくない？」

「そんなことはないよ。じゃあ、入り口を見つけないとな」

ここまで来たら、とことん、かな。

みんなが行きたがってるんだから、俺一人ためらっててもしょうがない。

俺は岩を見上げ、それから周辺を見回した。

岩肌は黒っぽくて、上から見たら三角形だった。天井部からは穴っぽいものはなかったから、入るのはやっぱり側面だと思う。岩肌に沿って歩いたら見つかるかも？

「とにかく、探すか」

それまで岩の周辺をペタペタ歩いていたピノが、急にピヨピヨ鳴きだしたかと思えば、オーロラの膜の部分を覗き込み、三角の嘴《くちばし》でツンツンし始めた。そして短い翼をバタつかせて、ポーンと跳ねるように体当たりをした。

「あ！　ピノ！」

ぶつかって弾き飛ばされる——そう思った俺のイメージとは真逆に、ピノの体が壁に触れた瞬間、オーロラの膜がピカッて光って、そのまま消えてしまった。

「……消えた」

呆然とする俺たちをよそに、ピノは中に入って、奥からピヨピヨ鳴いている。早く来いって言っているように聞こえるんだけど。

「パウパウ、お前だってあの膜みたいなの消せなかったんだよな？」

『……うん』

「どういうこと？」

『わかんないよ。どうしてピノに消すことができたんだろう』

うーん、と首をひねるが、パウパウのわからないことが俺にわかるわけがない。

ただ、ふと、ミアが言ったことが蘇ってきて、ちょっとイヤな気持ちになった。

ミアはピノのことを牽制していた。一緒にいないほうがいいって。

パウパウはピノとミアは似た気配がすると言っている。

聖獣は完全じゃないけど人型になることができる。じゃあ、魔獣は？

もしミアが人型になった魔獣だったら、似た気配がするというピノは魔獣で、この洞窟っぽい岩の中には魔獣がいる？

いやいや、待て待て。パウパウは聖獣の気配がするって言っているんだ。

うーん、考えれば考えるほど、わけがわからなくなってくる。

『謎だらけだね。とにかく、行くしかないね』

そうだな。

「アデル、ナリス、ピノを追いかけよう。探検開始だ」

「たんけーん！」

「なんか、ワクワクするね！」

心配ばっかりしてても仕方がない。この機にピノの正体もわかるかもしれない。

パウパウだっているし、魔石銃もある。

それになによりも、俺は懐いてくれてるピノを信じてるし。

「たんけん、たんけん、ランランラン！」

パウパウの上でナリスが即興曲を楽しそうに歌っている。

それに対し、俺とアデルは首を傾げていた。というのも、光っているモノがまったく見当たらないからだ。

しかも中は、最初こそ人がすれ違うことができる程度の広さの通路だったのが、ほんのわずかに下降している坂を三十メートルくらい進んだのかな、急にひらけて、天井も高いし、ずいぶんと広い空間になったからだ。

洞窟って言うには、広すぎないか？

しかも、明かりがあるんだ。篝火《かがりび》的なものではない。洞窟全体が淡く光っている感じがするんだけど、よく見たら、岩肌に無数の小さな光があって、例えるとラメ入りの岩って感じなんだ。

さらに周囲には光る虫がいっぱい飛んでいて、その光が岩のラメを反射させているみたいだ。

一匹捉《つか》まえてみたけど、蛍のような尻の部分が光っているのではなく、虫全体が光っていた。それもけっこうなパワーで。岩と虫の光のせいで、こんなに明るいのだろう。

虫の光の大きさに関しては、入り口付近で見た光とは違う感じがする。

というのも、大きさがまるで違うからだ。虫の光はせいぜい直径十センチばかりだが、入り口付近で見た光はかなり大きかったから。

いったい、あそこで見た光るものってなんだったんだろう。

なにかに反射して見えていたとか？

そんなことを一人考えている俺に対し、隣のアデルは興味津々って感じで周囲を見渡しながら歩いている。

ナリスはと言うと、

「たんけん、たんけん、ランランラン！　たんけん、たんけん、ランランラン！」

こんな感じで相変わらずだ。

で、ピノ。パウパウでさえなにもできなかったあのオーロラの膜を、なんの障害もなく普通に突っ切って消失させてしまったってのに、見た目も雰囲気もまるで変化はない。

ピヨピヨ言いながらペタペタ歩いている。

それにしても……いや、今にして思うんだけど、ピノ、ヒナのくせにずっと自分の足で歩いているよな。しかも疲れた感じは微塵《みじん》もないし。

やっぱり、ものすごい存在だったりして。

俺が見ていることに気づいて、ピノは小さな翼を大きく広げた。で、

『ピヨ！』

って、鳴いた。

楽しい、と言っているのか、元気だ、って言っているのかわからないけど、めっちゃうれしそうなんだけど。

かわいいなぁ。

「コージ」

アデルが話しかけてきた。

「ん？」

「なんか蒸してきたね」

アデルの顔に大粒の汗がいっぱい浮かんでいる。言われてみたら、俺もそうだ。首筋を

汗が流れていくのを感じる。

「……そうだな。確かに」

ずいぶん広いから呼吸とかにはまったく支障がないけど、外に繋がる通気孔みたいなものがないから、空気がこもって蒸し暑い。

「コーーージーーーー」

先を行くナリスの声が響く。

「コーージーーー、はやくーー」

なんだろ。

アデルと顔を見合わせ、ナリスのもとへ急いだ。

「ナリス、どうしたっ」

「みてぇ！　つめたくてきもちいい」

水が流れている。そんなに流れは速くないが、浅くはなさそうだ。一メートルくらい？

川幅は三メートルくらいかな。かなり澄んでいて、光が当たっている場所は川底がくっきりと見える。

手を入れると確かに冷たくて気持ちがいい。

俺が水の透明さに気を取られていると、ドボンという音がした。

「ちょっ、ナリスっ」

ナリスのやつ、川に飛び込んでる！　しかも服を着たまま。

「流されるぞ」

「だいじょうぶぅ」

なにが大丈夫だ。ぜんぜん大丈夫じゃねーって。

けど。

「うわ、アデル！」

アデルまで飛び込んで泳ぎ始めた。

「冷たくてすごく気持ちいいよ！」

そりゃ蒸し暑くて、汗をかいて服が肌に張りついて気持ち悪いって思ってたところだから。

『ピ〜〜ヨ〜〜〜〜』

おいおい、ピノまで。

スイスイ泳いで気持ちよさそうだ。水かきのついた足だからなぁ。

『コージもおいでよ。大丈夫だよ。ナリスは僕が見てるし、水の中はピノの得意分野みたいだし。ここから先はそんなに高低差がないから溺れることはないと思うよ。それに僕たちが泳ぐの得意なの、滝つぼで見てたでしょ』

「そうだけど」

『コージは心配性だなぁ』

カラカラとパウパウが笑う。

そりゃそうだけど、でもさ、なにがいるかわからない、得体の知れない洞窟の中で、能天気に遊んでていいのかなって思うだろ、やっぱ。

とはいえ、目の前で楽しそうに遊んでいる姿を見せられたら……俺も！

リュックを置いて、上着を脱ぎ、飛び込んだ。

バシャン！　と水しぶきを作りつつ、俺の体は水の中に沈んだ。

川の中なのに目を開けても平気で、ずいぶん先まで見通せる。しかも魚がいっぱい泳いでいるし。

気持ちいい～。

「コージぃ、さかながいっぱいいるぅ」

「見た見た。いっぱい捕まえてご飯にしよう」

「ねぇ、コージ、この洞窟、すごい大きそうでしょ。ホントに財宝が隠されてるかもしれないね」

「どうしてそう思うんだ？」

「貴族の屋敷から財宝を奪って、それを隠そうとしているうちにこの洞窟を見つけた、あとで取りに戻ろうと思ったら捕まってしまった、とかさ」

「でもさ、こんなに大きな洞窟なら、所在がわからないってこともないんじゃないか？」

「コージ、忘れないでよ、僕たち、ピノのおかげで中に入れたんだよ？」

「だったら盗賊たちだって入れないいんじゃないか？」

「あ」

アデルは自分の仮説に穴があることに気づいてがっくりと肩を落とした。

「でも……あのオーロラの膜、なんだったんだろ？　魔力？　魔法？」

「聖獣のパウパウには解けず、聖獣か魔獣かわからないピノに解けるってどういうことだろうな？」

俺とアデルはお互いに首を傾げた。

近くではナリスの楽しげな笑い声がしている。先日の滝つぼといい、この洞窟の川といい、水遊びばっかだな、俺たち。

でも、キャンプにはきれいな水は必需品だから、川があるのは大助かりだけど。

しばらく潜ったり泳いだりして遊び、次に手分けして魚をとって、食事をすることになった。

洞窟の中、無数の光る虫のおかげで周囲はかなり明るい。だから時間の感覚はまったくないので、頼るのは腹の虫だ。

特にパウパウの腹の虫はかなりうるさいから、こいつに従うのが平和でいいだろう。

俺が石を積み上げて火を熾している間に、アデルとナリスがまだフェザースティックにしていない枝を魚に刺していく。

その魚に塩を振り、石と石の隙間にうまく立てかけて遠火で焼く。

ジャガイモをよく洗って皮のまま粗めの細切りにし、ベーコンも同じように切る。

フライパンにジャガイモ、ベーコン、ジャガイモ、ベーコン、ジャガイモ、と順番に重ねて塩とコショウを振る。

最後に適当に割いたチーズを置く。

弱めの中火になる位置でしばらく放置。その後、ひっくり返す。

トウモロコシの粒をナイフでそぎ落として、ヒタヒタくらいの水で煮る。

鮮やかな黄色に変わったら、なるべく頑張って潰して、そこに牛乳と塩を加えてまた煮立たせる。

柔らかくなったら小型のハンドミキサーでジューっと。

これがすごいんだ。電池が切れたから魔石を適当に砕いて電池の場所に隙間なく詰め込んだら、なんと動いたんだよ！

信じられない。魔石って万能！

ってことでコーンポタージュが完成。

最後にフライパンのベーコンポテトを四等分して料理終了。

「よし、できた。食べよう」

みんなに行き渡ってから手を合わせた。

「いただきます」

「いただきますぅ」

『いただきまーす』

二人と一匹が手を合わせて言うと、皿を手に取って食べ始める。

「ポテト、ホクホクだ」

『焼けてる部分はサクサクしてておいしい』

「あつっ」

「ナリス、気をつけろよ」

「はーい」

『コーンポタージュ、甘くておいしい』

二人と一匹が盛り上がっている。

俺はレタスを半分に割ってピノにやってから、コーンポタージュを口にした。

「お、うまい」

「おいしいよ。甘くて。昨日の焼きトウモロコシとトウモロコシご飯もすっごくおいしかったけど、このポタージュもおいしい」

「次はジャガイモとかニンジンで作ろう」

「ニンジン！」

ナリスがピンと背筋を伸ばした。

そうだった、ナリスはニンジンが好きじゃなかった。アデルが叱るから食べてるけど、見るからに嫌々だもんな。

「ニンジンのポタージュなんておいしいのぉ？」

「うまいよ。甘みが増すから」

「…………」

「でも、まぁ、ニンジンはやめて、カボチャとかキノコなんかにしよう」

「僕はニンジン好きだからポタージュ飲んでみたい」

『僕も！』

アデルはわざとだな。パウパウは単純に興味だろう。

「じゃあ、順番に作ろう。ナリスもムリしなくていいよ」

上目遣いに俺を見てくるそのまなざしは、責めてるのか悩んでいる末のものなのか、どっちなんだろう。

「今日はこれを片づけて寝よう。探検は明日だ」

「はーい」と二人と一匹が返事をする。

ここは蒸し暑いし、風もあんまり吹いていないから、わざわざテントを張ることもない。平たいところを探し、そこに軍幕を敷くと、ナリスがコロンと横になって、すぐに寝てしまった。

その隣に寄り添うようにパウパウが丸くなる。

片づけをしようと思って川べりに向かうと、アデルがついてきた。

「アデルも寝ろよ」

「手伝う」

「大丈夫だよ。アデルだって眠いだろ。めいっぱい遊んだから」

「二人でやったらすぐだよ」

アデルは俺を抜いて歩いていく。俺はそのあとに続いた。

使った食器を小川の水で洗いながら、アデルが話をする。

「いつも一番早く起きてるコージがなかなか起きてこなくて、怖かった」

「怖かった?」

「コージが疲れて倒れちゃったら、僕たち、どうにもできないって思って。だから、もっといっぱいお手伝いしないとって。でもナリスにはまだ無理だから、僕が頑張らないといけないって」

「充分手伝ってもらってるけど」

アデルがかぶりを振る。

「僕が不用意に魔法なんか使わなかったら、コージはこのピースリーには来なかった。そしたら、ドラゴンに吹き飛ばされたのは僕とナリスだけだ。僕がナリスを連れて国まで帰れるようにしないといけない。でも……僕には無理だよ。コージがいてくれるから、こうやって楽しく過ごしていられるんだ。ずっと寝てるコージを見て、そう思った」

アデルの言葉が俺の中にジンと沁み込んでくる。

それは俺も同じだ。アデルがまだ七歳だってのをすっかり忘れている。

日本だったら小学校一年生だ。そんな小さな子に、ガッツリ頼っているなんて。

不安になんてさせたらダメなのに。気を遣わせることも、だ。

俺、もっとしっかりしないといけない。

「そっかそっか、ありがとう」

アデルの肩をぽんぽんと叩いて笑いかけると、笑い返してくれた。

「あのさ」

「うん」

「僕、コージの世界に行ってみたいなって思ってるんだ」

「どうして？」

「だって、すごく文明が発達しているみたいだから」

「んー、確かにそうだけど、でもさ、魔石で多くの道具が使えるこっちの世界だって、相当便利だと思うけど。魔法ってすげぇって思うし」

「コージの世界のほうがすごいよ。地球では何百人もの人を乗せて空を飛ぶことができるんでしょ？　ピースリーにはそんな技術はないもの」

飛行機か。それはそうだな。

「僕も飛行機ってものに乗ってみたい。それに新幹線にも。千人以上の人を乗せて、すごい速さで移動できるなんてすごいよ。ホントにすごい。自分で言っていて、想像できないもん」

それは俺も思う。

二人で片づけをしている時、アデルは俺の世界のことを聞きたがる。

技術、食べ物、文化、習慣、などなど。それからピースリーとの違いとか。

魔法はもちろん、聖獣や魔獣なんかいないと言ったら驚いていた。

俺としては、ライオンとかトラとかゾウとか、デカくて強い猛獣なんかは、魔獣とたいして変わらない気もするが。

いやいや、ライオンやトラやゾウは口や指からビームなんか出さないから、魔獣に比べたら扱いやすいのかもしれない……かな。

化石燃料の利用が自然環境に悪影響を及ぼしているが、魔獣から得た魔石はそういったことはない。そのことを話すと驚いていた。便利さとの引き換えで自然が汚れるなんて想像できないようだ。

とはいえ、文明を支えることは、どこの世界も大変なんだなぁと思わされる。

石油があとどれくらい残されているかはわかっているが、魔獣がどれくらい存在して、そこからどれくらい魔石を得られるかは想像できないとのことなので、動力に対する不安が絶えずある。

石油は人を襲って食ったりはしないけど、魔獣は違う。

人間を襲う魔獣なんていないほうがいい。だけど、完全にいなくなったら、文化文明を支える動力を失ってしまう。ずいぶんなジレンマだ。

「空、飛んでみたいなぁ」

アデルがうっとりとした表情で言った。

「聖獣に乗せてもらえるんじゃないの？」

「ほんの一握りだよ。しかも聖獣の機嫌によるから。よほど信頼関係がないと。自分の都合のいい時に、好きな場所へ行けるなんて、すごいとしか言えない。コージの世界は僕らの世界とかけ離れたレベルだって思うし、そう思ったらこの目で見てみたいって考えるよ」

「まぁな」

「でも……」

ん？

「コージを元の世界に戻すことは可能だと思っているんだけど、でも僕がもしコージの世界に行ったら、ピースリーに戻ることはできないだろうなって思う」

「どうして？　魔法が使えるアデルなら、自在なんじゃないのか？」

アデルがかぶりを振った。

「異世界とつなぐ『窓』にはピースリーを包む魔法の力を借りている。コージの世界に行ったら、その力を借りることはできないから、きっと魔法を発動させることができないと思う。父上に確認しないとわからないけど」

単純に出力不足なのか、ピースリーの魔法という原動力が必要なのか。

だけど、どうしてもって時は親父さんに協力してもらって、引っ張ってもらったらいいんだろうなって思うんだけど。

アデルは「行きたいなぁ」なんて言いつつ、目を輝かせている。

品行方正に振る舞い、立派な国王になるために日夜勉強して……そんな生活を送っているアデル。

俺から見たら窮屈だろうと思う。だから俺の世界を案内してやりたいけど、無理なんだろうな。

俺はアデルの肩に手を回して引き寄せた。

「コージ？」

「いつか案内できたらな」

「そうだね。でも、その前に、僕がコージにファイザリー王国を案内してあげるよ」

「お、それはいいな、ぜひ、頼むよ」

「うん！」

満面の笑みに俺もほっこりする。

俺たちは片づけを終わらせ、ナリスのもとに戻ると、並んで横になって眠った。


起きたらまた朝ごはんができていた。

不覚。

とはいえ、あまり気を張らず、アデルとナリスに任せちゃってもいいのかも、という気持ちになっている。

ナリスがテキパキできると思えないので、アデルの采配だろう。ホント、アデルってすごい王様になりそうだ。

というか、ホントに七歳なんだろうか。

俺、この言葉、何度呟いただろうか。

今日も（と言っているが、外の様子がわからないから、本当に翌日の朝かどうか定かじゃないけど）サンドイッチだった。

そして俺の隣でナリスが頬を膨らましてむくれている。

「にーたまなんか、きらいだ」

なんて愚痴っている。しかも、母音を引っ張る癖もなくて。

「黙って食べろ」

「………」

なにがあったのか。ふふふ、笑える。

俺の手の中にあるサンドイッチ、野菜しかないんだ。トマト、レタス、キュウリ。もう一つのサンドイッチの中は、細切りされたピーマンとニンジン。それぞれマヨネーズで和えている。

野菜を避けるナリスへの兄貴の愛情か、はたまたお仕置きか。

「ハムいれて」

「ダメだ」

「ハムたべたい」

「もう食べたじゃないか」

お？

「サンドイッチにハムがないのは、へんだとおもう」

「ヘンじゃない。お前はフライングをしてハムを食べた。だからもう終わりだ。僕とコージとパウパウは、お前のハム無しサンドイッチに合わせてやってるんだ」

「ハム」

「僕たちはハムを食べていない。食べたのはお前だけだ」

「…………」

ナリスの顔がふにゃって歪んだ。

「泣いてなんでも解決できるなら、父上たちは毎日苦労しない。お前のやったことは自業《じごう》自得《じとく》だ。反省しろ」

「…………」

やっぱり七歳とは思えないしっかり者だな、アデルは。

さて、どうするかな。

どっちに助け舟を出そうか思案していたら、珍しくパウパウが割って入ってきた。

『ナリス、僕もハムは我慢するから、ナリスも我慢しよう』

おお、これは超ビックリ発言だ。誰よりも食い意地が張ってるヤツなのに。

「パウパウ」

『食べ物はみんなのものだろ？　隠れて食べて、気づかないうちに減っていたら、みんなが困る。僕もいっつも我慢してるんだよ。ね？』

つーことは、パウパウが腹減ったと毎度毎度うるさく訴えてくるのは、隠れて食べるのを我慢しているからか。なるほど。

『野菜サンドを食べよう』

「………」

ナリスは唇を噛みしめながらも、うん、と頷いた。そして嫌々モード爆裂でサンドイッチにかぶりつく。

むしゃむしゃと咀嚼して飲み込んだら、俺と目が合った。

「ナリスは偉いな」

「えらい？」

「ああ。ちゃんと反省して、従ってる。前もそうだったもんな」

「まえ？」

「ほら、キュウリ。ピノにやってるって注意されて、それからはキュウリもちゃんと食ってたろ」

ナリスの視線は下に下がった。

「偉いよ、本当に」

「……コージぃはナリスのことすき？」

「大好きだよ。もちろんアデルもだけど。ナリスはにーたま嫌いだったっけ？」

ナリスは顔をブンブンと横に振り、アデルに向けた。

「にーたま、だいすき」

今度はアデルが顔をナリスに向けてから、照れくさそうに目を逸らした。

「にーたま」

「……なんだよ」

「さっきはきらいっていって、ごめんなさい。うそだから。だいすきだから」

「わかってるよ。僕もナリスが好きだよ。だから早く食べろよ」

「はい！」

しょぼんとなっていたナリスの顔がぱっと輝いて、野菜しか挟まれていないサンドイッチを口に運ぶ。今度はさっきと違って、嫌々っぽさは微塵もない。

単純だけど、だからいいんだよな、素直で。

アデルもナリスもいい子だよ。

いつもと変わらない賑やかな調子で朝食を食べ終わり、俺たちは先に進むことにした。

あの光るモノを探して、洞窟内を探検だ。

さて、と思った時だった。いつの間にか、俺たちの目の前にミアがいた。

……え？　ミア？

自分で言って、驚く。

目を瞬いてよく見るが、どこからどう見てもミアだ。

「どうしてここに」

「聖獣と正体不明の獣を連れているから、もしかしてと思ったんだけど、正解だった」

「どういうこと？」

「この先に宝珠《ほうじゅ》があるの」

「宝珠？」

ミアはこくんと頷いた。

「コージたちが探している宝のことよ。これを取ってくることができたなら、なんでも希望をかなえてあげる。だけど、成功しなかったらここから出られず、死ぬまで過ごさないといけない」

はあ？　なんだよ、それ。

「ちょっと待てよ。ぜんぜん交換条件になってないだろ」

「？　どういう意味？　よくわからない」

「なにがわからないだよ。そういうのを脅迫っていうんだ」

「脅迫？」

「そうだろ、前半分はいかにも褒美みたいな言い方だけど、実際は取って来なかったらここから出られないって脅してるじゃないか」

ミアは首を傾げた。

いやいやいや、なんでそこで疑問に思うんだよ。誰がどう聞いても、脅迫じゃないか。

「ここに宝珠があることを知られて、僕の存在を知った以上、生かしてはおけない」

おいおいおい！　なんかすごい勝手なこと言ってるぞ。

それに、僕、ってなんだよ。キャラ変わってるだろ。

「俺たちはなにも聞いてなんかないだろ。ミアが勝手に話したんじゃないか」

「それでも知られたことに違いはない。過去にハンターを誘ったけど、成功しなかった」

やっぱり勝手にしゃべってるよ。それに、誘ったって、きっと連行したとかの間違いだと思うな！

「悪いけど、確かに俺たちは宝探しの名目で探検してるけど、命を懸けるつもりはないよ。他の人を当たってくれよ」

「もう遅い」

「だから！」

勝手なことを言うな――との言葉は言えなかった。

「コージぃ。かわいそうだよぉ」

ナリスが俺の服の裾を引っ張る。

「コージぃ」

わかってる。

ミアが泣いている。

瞬きすることなく、じっと俺を見つめる大きな目から、大粒の涙がいくつもいくつもポロポロとこぼれて、流れている。

だけど、きっと、本人は自分が泣いていることに気づいていないだろう。

泣くほどの事情があるのかな。

「そんなに大切なものならさ、もうちょっと、なんというか、下手《したで》にっていうか、お願いモードで言ってほしいんだけど」

「お願いモード？」

「困ってるから手を貸してほしい、みたいな」

ミアは首を傾げた。

「お礼をするから取ってきてほしい、お願いしますって言ってほしいんだよ、コージは」

アデルが援護射撃してくれた。ミアの視線がアデルに移る。

ん？　なんか、ミアの目……ちょっと変？　猫っぽく瞳孔《どうこう》が左右に動いた？

「お前たちの言っている意味がよくわからないけど、そう言えば宝珠を取ってきてくれるのか？」

「考えなくもない」

「行くよ！」

俺の言葉をかき消すようにアデルが声をかぶせた。

「アデル」

アデルが背伸びをして口元を隠しながら顔を近づけてきたので、俺も腰をかがめた。

「だって、行かなかったらこの洞窟から出られないわけでしょ？」

「でもさ」

「パウパウが人間っぽくないって言ってたじゃない？　逃げることは難しそうだし、ここは宝珠を探しだして、ミアに渡すのがいいよ」

「見つけられなかったら？」

「僕は見つけることはできると思う。だってミアは、あることがわかっているから取ってきてほしいと言ってるわけでしょ？　あるかどうかわからないなら、探してほしいって言うと思うんだ」

なるほど。それはそうだ。

「なんらかの事情で、ミア自身は宝珠のある場所に近寄れないんだと思う。僕らにはパウパウもいるし、コージは魔石銃も持ってる。大丈夫だよ。それに宝珠を見つけて願いをかなえてもらえたらラッキーだよ」

「どんな願いをかなえてもらうんだ?」

「それはもちろん、ファイザリー王国に帰れるようにしてもらうんだ」

「わかった。じゃあ、宝珠を取りに行こう」

「うん」

アデルとの打ち合わせ(?)が終わったので、ミアに向き直った。

「わかった、取りに行く。けど、見事手に入れられたら俺たちの願いをかなえてもらうからな」

「わかった」

俺とアデル、ナリス、パウパウは互いを見、頷きあった。

このミッション、見事完遂して、ファイザリー王国に帰るんだ。

意気込んで進む。最初はなんの問題もなく川の傍を歩いていたが。

下り坂がいきなり急こう配になったり!

前方が急に狭くなったり!

細い足場のすぐ横は深い崖になったり!

アドベンチャー映画さながらなんですけどっ!

「コージぃ、にーたま、がんばれ!」

「うるさいっ」

アデルがキレてる。そりゃそうだろう、パウパウの背中に乗って、宙に浮いてるんだから！　こっちは大変な状況だってのに。

「パウパウ、アデルも乗せてやれないか？」

『二人ではけっこうキツいんだよ。長くはもたない』

そうは言うが、パウパウも危ないと思っているようでアデルの真横に位置を変えた。これだったら足を滑らせても、岩とパウパウに挟まれて、すぐさま落下することはないだろう。

問題は俺だ。

俺はインディ・ジョーンズでもベン・ゲイツでもないんだ。ムリだよ、これ。怖いよ！

必死に岩肌に背中をつけながらカニ歩きで進んでいくと、道が崖から逸《そ》れるように曲がり、普通の道になった。

あぁよかった。ホッとした。

けど、アクロバティックな道は続く。

這い上がるように岩肌を登り終えたら、なにかに足を取られた。

そうしたら、水攻め！

どこからこんな大量の水がやってきたんだ！

アデルとナリスの上に覆いかぶさる形でパウパウの体にしがみつき、流れのままに流される。

それが終わったかと思ったら、天井からめちゃくちゃ臭い液体が降ってきたので必死で走る。

これ、完全にトラップじゃないか。この洞窟に住んでるヤツでもいるわけ？

それに、ここ、どんだけ広いんだよ。

ようやくなにも起こらない感じになった時には、ヘロヘロヘトヘトになってしまって、地面に転がって大の字を書いた。

「コージ、もう動けないよ」

「俺も」

「ぼくも」

「お前はずっとパウパウに乗ってたじゃないか」

「えー、にーたま、いじわるぅ」

はあはあと荒い呼吸を繰り返していると、奥から冷たい風が吹いてきた。

それだけじゃない、ゴウゴウ、という音もする。

なんだろう。

立ち上がって、警戒しながら進む。丸く掘られた縦穴を少し進むと、前がひらけた。

「！」

咄嗟《とっさ》にアデルの口を塞いだ。

正面前方にオーロラの膜があって、その中に輝く玉が浮いている。金色になったり銀色になったり。

見つけた！

俺たちが探そうとしていたもの、ミアが求めているもの。

でも……

「コージ、どうする？」

宝珠の周りには数頭の魔獣がいて、俺たちの気配を感じたのかどうなのか、なにかを探しているように首を左右に動かしている。

全部で五頭。

外見はティラノサウルスみたいで、大きさはそのティラノサウルスの半分くらいかな。

恐竜展で見た実物大の化石と模型は、これの倍くらいあった気がするから。

牙の間から唾液が流れていて、めちゃくちゃ怖い。

まっすぐ見るだけでも震えが起こりそうだ。

「パウパウ、お前の出番なんだけど」

『……これ、手ごわいよ』

おいっ、そんなことお前に言われたら、俺の腰が抜けるから、強気を貫いてほしいんですけどっ！

「魔石銃で援護するって」

『あれ、魔獣の中でも特に気が荒くて強い種族なんだ。それが五頭もいる。あの珠はよほどのものなんだと思う』

「どういうこと？」

『ずっと聖獣の気配が濃いって思っていた。あの珠の気配だったんだ。魔獣はあの珠に引き寄せられる形で傍にいるんだと思う』

パウパウ、何度も辺りに聖獣の深い気配があるって言ってたな。

『入り口にあったあの七色の膜も、この魔獣たちが侵入を阻止するために魔力で張ったのかもしれない』

あのオーロラの膜が魔獣の魔力……聖獣のパウパウが解けなかったものを、ピノはあっさり解いてしまった。じゃあ、ピノは魔獣ってことなんだろうか。

『とにかく、あれを倒すのはちょっと大変だ。アデルはナリスと見つからないように隠れていてよ』

「わかった。ナリス、こっち」

「はいっ」

俺も一緒に隠れていたい……けど、そうはいかないから、仕方がない。

魔石銃を抜き、安全装置も外して、いつでも撃てるように準備をする。

『その魔石銃の威力は強いから、どこかに当たれば大きな打撃を与えられるけど、狙うのは首だからね』

『僕が上から攻撃するから、コージはあいつらが僕に気を取られている隙を狙って』

「左右から狙うか？」

「了解」

『じゃあ、行こう』

言うなりパウパウは翼を広げ、ポンと大きく飛び上がった。

そのまま翼を羽ばたかせて魔獣に向かっていく。

五頭が一斉にパウパウに顔を向けた。

『ゴオォォォォオーーーーーー！』

耳を覆いたくなるほどの咆哮。

魔石銃を持つ手が震えるが、パウパウが怯《ひる》むことなく突っ込んでいく姿を見たら怖《お》じ気《け》づいている場合じゃないし、俺がビビってしまったらパウパウがピンチになってしまう。

五頭の中の一頭に魔石銃の銃口を向けて迷わず撃った。

ブオーン！　という音とともに閃光が走り、正面の魔獣を三つに裂いた。

『ギャーーーーーーウーーーーーン！』

つんざくような吼声《こうせい》が轟き渡る。あまりの大きさに目がくらみそうになるが、必死で押しとどめ、脇に移動してまた構えた。

二発目。

これも当たった。魔獣の首を斬り落とした。

三発目、そう思ったが、魔獣が俺に向かって突進してきたことに足が竦《すく》んでしまった。

立ち止まったところに魔獣の腕が横から振りきられ、なんとかそれは避けたものの、バランスを崩して転んでしまった。

「うわっ」

起き上がろうとしたところに魔獣の長いしっぽが薙《な》いでくる。もろに当たって吹き飛ばされた。

岩に当たって落下した。

「いっ、てぇ……」

ぶつかった背中と、落下して当たった左肩に衝撃と痛みが走り、一瞬息が止まった。

だけど俺の耳には魔獣のすさまじい咆哮が聞こえていて、パウパウが戦っている様子が見ずともわかる。痛みにのびてる場合じゃない。

バタバタと足音がして、俺を通り過ぎていくのを感じた。

ヤバい。

アデルとナリスのいる場所に行かれたらマズい。

慌てて起き上がったら、岩の隙間から出ているアデルが見えた。

「アデル！　伏せろ！」

俺の怒号にアデルは床に伏せて丸くなった。

当てろ！

当たれ！

魔石銃をぶっ放す。

ビームのような光の刃が飛び、魔獣を三つに裂いた。

次にパウパウを見ると、最後の一頭とやり合っていて、魔獣の間合いに入ったところだった。

前足の指、鋭い鉤爪を魔獣に向けて照準を定めている。

俺はすかさず魔石銃を撃った。

魔獣の足に当たった。魔獣がバランスを崩す。

そこにパウパウの指先からビームが放出され、魔獣の眉間を見事にぶち抜いた。

やった！

「コージ！」

アデルが叫びながら俺のもとに走ってきた。

魔獣を倒したからって、ナリスの傍を離れちゃダメだろ――そう思ったけど、駆けてくるのはアデルだけじゃなかった。その後ろにナリスもいる。

「コージ、大丈夫!?　怪我してない？」

大丈夫、と言いたいのに、声が出ない。

「コージ！　血が出てる」

えっ？

アデルに言われて自分を見ると、服が血まみれだ。

えっ？　えっ？　なにこれ。

『コージ！』

パウパウがやってきて、前足を俺の肩に置いた。

「……あ」

『傷口は塞《ふさ》いだけど、怪我自体は僕は治せない。痛い？』

「……痛い」

『立てないくらい？』

体を前後に揺らすと意思通り動いたので、今度は立とうとした。

「コージっ」

「コージぃ」

ぐらついたのをアデルとナリスが支えてくれ、それで立ち上がることができた。

「うっ……うっ……」

アデルの目から涙が溢れ、嗚咽《おえつ》がもれている。必死で我慢しているのがわかった。

俺は大きく息を吸った。

「大丈夫。ちょっと衝撃が大きかったから」

「う……う、ん。うん」

ヒクヒクとしゃくりあげるアデルを見ると、俺以上に怖かったんだと思うし、俺がヤラれてしまったらって思って、すごく不安だったんだろう。

俺がいつもよりも眠り込んでしまっただけであんだけ心配してくれたんだから。

「ぜんぜん強くないのに、無茶したから心配させてしまったんだな。ごめんな。ありがとう、でもホント、大丈夫だから。それより、宝珠だ」

「……うん」

『その前に、魔石を取ったほうがいい。こいつらかなりレベルの高い魔獣だから、魔石も上級だと思う』

パウパウ、しっかりしてるな。まったく意識になかった。

「コージ、すごいよ！」

アデルのテンションが爆上がりになったのは当然で、取りだした魔石は金色だった。

最高級の金の魔石を五つもゲットした！

「大収穫だな」

「うん。コージとパウパウのおかげだ」

「コージぃとパウパウすごい！」

魔石をポケットに仕舞い、今度こそ宝珠のもとに行く。

宝珠を覆っていたオーロラの膜が消えていて、それまで宙に浮いてクルクル回っていた宝珠は地面に落ちていた。

大きさはバレーボールくらいかな。金と銀に煌《きら》めいていて、すごくきれいだ。

オーロラの膜を張っていたのは魔獣だったんだ。

「やっぱり、魔獣の仕業《しわざ》だったんだね」

宝珠を拾いながら、そうだな、と言おうとしたら、後方から、

「その通りだ」

と、人の声がして、俺は驚いて飛び上がった。振り返ったらミアがいた。

宝珠に近づけなかったんじゃないのか？

「連中の魔力が強すぎて近づけなかったんだ。弱体化した僕には、出入り口の魔力さえも破れなかった」

ミアが両手をのばしてきたので、俺は宝珠を渡した。

「よかった、やっと、取り戻した。僕の力……」

ミアは宝珠に片側の頬を押しつけ、ぎゅっと抱きしめた。

すると宝珠がふわっと淡く光り、ミアの体の中に吸収された。次にミアの体も同じように淡く光りだし、そして形が崩れ始めた。

どういうこと？

光はドンドン大きくなり、新たな形を作り始める。光が収まると、そこには金色と銀色の色彩が混じりあったマーブルみたいな色合いのドラゴンがいた。

あまり大きくはない。首から尻まで三、四メートルくらいかな。顔もなんだか丸いように思うので、子どもなのかな。

『ありがとう。僕の力を解放してくれて』

金と銀のマーブルドラゴンが、俺の顔をまっすぐ見つめてくる。

「それがミアの本当の姿？」

『ミアという名は模した人間の名前だよ。女性の姿になったほうが、警戒心を持たれないように思ったから。でも、力が乏しかったから、大人の女性にはなれなかったんだ』

なるほど。それで最初は『私』で話していたのに、途中からは地が出て『僕』になったわけだ。

「なにがあって、この状況になったのか、教えてもらえる？」

金と銀のマーブルドラゴンは、うん、と頷いた。

『二百数十年前、僕は仲間と一緒に遠出していた。ところが魔獣同士が争っているところに出くわしてしまい、僕らは巻き込まれた。僕らドラゴン種は聖獣、魔獣ともに一番強い種族だから、本当だったら負けることはないんだけど、魔獣の数がとても多かったこと、魔獣の中でも相当強い種族が混じっていたこともあって、やりあうどころか、逃げるだけでもやっと、という感じだった』

「多勢に無勢だったってこと？」

『うん。その通りだ』

金と銀のマーブルドラゴンは顔を天井に向けて、思いだすように話し、それから大きく息を吐いた。

『僕も必死で逃げた。でも、この辺りに差しかかった時、魔獣に襲われている人間を見つけ、僕はそれを助けようとした。そしたら奴らに掴まってしまって、僕は力を奪われてしまった。やつらは僕の力をこの洞窟に封じ込めたんだ』

ドラゴンの顔では感情を察することは難しいけど、口調からかなり悔しいんだなってのが伝わってくる。

『あの時、人間を助けなかったら逃げられたと思う。だけど、見捨てられなかったし、助けたことを悔やんでもいない。僕の力が及ばなかったせいだ。あの人は僕を家に運んで、面倒を見てくれたから。ミアって、その人の娘なんだ。もう……いないけど。人間は僕らとはまったく違って、命が短いから』

しょぼんと落ち込む姿を見ると、その人たちと仲良く暮らしたんだろう。

『僕は人型になるだけで精いっぱいだったから、代わりに力を取り返してくれる者を探していたんだ』

「もしかして、財宝探しの言い伝えって」

『僕が流した』

マジか。

『魔獣ハンターやトレジャーハンターの中には聖獣を連れた者もいるから、財宝があると聞けば多くの者が集まってくるのではないかと思ったんだ。あの魔獣の種の力は相当強い。コージたちが回収した魔石の色を見ればわかると思う』

「聖獣のパウパウが魔力を解けなかったのは、魔獣のほうが勝っていたから？」

『そうだ。彼はまだ成長しきっていないから』

じゃあ、あっさり解いたピノは……まだヒナだぞ？

『コージがかわいがっているその獣。聖魔の区別がつかない。そもそも力があるのか疑問すら覚える。それは大いなる力を秘めているからだと思う』

「離れたほうがいいって言ったよな？」

『人間には吉と出るか凶と出るかわからない。だから避けたほうがいいと助言したんだ。でも、まさかあの魔獣たちの魔力を、あんなにあっさり解くとはさすがに思わなかった。僕はそっちの聖獣に可能性を抱いたから』

　横から「ねえ」とアデルが口を挟んできた。

「今、君はドラゴンの姿をしているけど、力も完全に戻ったってこと？」

『うん。これで仲間のもとに戻れる！』

「そうなんだ。よかったね」

『うん。本当に、ありがとう！』

　和やかな空気になり、俺も緊張が解けたのか、無意識にほっと吐息をついている。

『お礼をするので、望むことを言ってほしい』

　俺はアデルと目を合わせ、うん、と頷いた。

「俺たちはファイザリー王国を目指しているんだ」

『ファイザリー王国？　ずいぶん遠いよ？』

「わかってる。この二人はファイザリー王国の王子なんだ。俺は二人を親元に届けたいと思って、一緒に旅をしている。俺たちは突然現れた黒くて大きなドラゴンに吹き飛ばされた。お前もドラゴンなら、同じように吹き飛ばすことができるんじゃないだろうか」

『…………』

あれ、なんか黙り込んでしまったんだけど？

『黒くて大きなドラゴン……それは最大種であり、最強種だ』

最大種で最強種？

『もっとも強力な魔力を持った特別なドラゴン種だよ。どうしてそんなドラゴンがいきなり現れて、人間を遠くに吹き飛ばしたんだろう。ちょっと理由がわからない。よほど嫌なことがあったんだろうな』

よほど嫌なこと？　それって……異世界人の俺がいたから不快で吹き飛ばした、とかじゃないよな？

『そんなことができるのは最大最強種の黒いドラゴンくらいで、いくらドラゴン種でも、人間を、それも複数人を遥か遠方に飛ばすなんてできない。残念だけど、その願いは僕にはかなえられない。もし無理にやれば、どこに飛ばしてしまうかわからないし、三人バラバラになる可能性が高い。そのドラゴンも目的地を定めて吹き飛ばしたとは思えない。コージたちが着地した場所は偶然だと思う』

「じゃあ……」

『だけどお礼はしたい。親元には送れないけど、会わせることはできるよ』

「どうやって!?」

『水面に魔力を与え、両親を映しだすんだ』

言うなり金と銀のマーブルドラゴンは、周囲を見渡して飛び上がって水が流れている場所に移動した。そこには高さ二メートルくらいの滝があった。

金と銀のマーブルドラゴンは、その流れる水に前足の爪でビームのような光を発して大きな円を描き、口からなにかを吹き出した。

見る見る俺の背丈ほどある楕円形の水壁が光り輝く。

『両親の名前を教えてくれる？』

「父上はラジー王、母上はユナ王妃」

アデルがすかさず答える。

『水鏡よ』

風もないのに水面がかすかに揺れた。

『水鏡よ、応えよ』

今度はさっきよりもはっきりと揺れた。

『水鏡よ、ここに、ファイザリー王国のラジー王と、ユナ王妃を導き給え』

言葉に呼応《こおう》して水面が大きく揺れ、収まったかと思うと、見たこともない部屋を映した。

だけどアデルとナリスは俺とは違って、食い入るように水面を覗き込んでいる。

「あ！　父上！」

え、どこ？

「母上！　アデルです！　父上！　母上！」

「ははうえーっ!!」

水面に人の姿が映っている。豪華な衣装に身を包んでいる男女だ。二人とも鮮やかな金髪をしていて、間違いなくアデルとナリスの両親だとわかる。

『アデルとナリスかっ！』

「父上っ」

「ちちうえーー、ははうえーっ!!」

ナリスが大きな声で「あーん！」と泣きだした。

『ユナ！　ユナ！　早くこちらへっ。アデルとナリスがいるんだ！』

『アデルとナリス!?　どこに！』

叫びながら王妃様がきょろきょろし、ついに水鏡に気づいた。

『アデル！　ナリス！　無事だったのですね！　ああ、神様！』

王妃様が大粒の涙を流して、手をのばして二人に触れようとするが、それはできなかった。これが水を使った鏡の裏表なのだろう。

「父上、母上、僕たちは元気です。怪我もしていません。ここにいる異世界の人であるコージと一緒にファイザリー王国を目指しています」

『あの時、アデルが召喚してしまった異世界人だね。コージというのか。私はファイザリー王国の第十八代国王、ラジー・アン・ドメルク・ファイザリーだ。息子が大変なことをしてしまった。心からお詫び申し上げる』

「コウジ・ミマスです。あまり長く話をしている時間はありませんので、俺のことはいいから、二人と話をしてください」

『そうか、すまない。だが、今、どういう状況なのか知りたい』

王様の横で王妃様が泣きながら、俺たちの邪魔にならないように小声でアデルとナリスに話しかけている。

俺はそれを横目に見ながら、王様の希望に応えた。

「最初に着地したのはソランニ王国です。そこから西側に隣接しているマンガン王国に入ってから南下し、今はマリウン王国にいます。途中で聖獣と契約し、ファイザリー王国までアデルとナリスを守ってもらうことになっています」

『聖獣……そうか。あの状況では先立つものを持っていないだろう？　やりくりはどうしている？』

「それは心配ありません。二人が着ていた服についていた宝石を売らせてもらい、換金しています。それに途中で知りあった人から、身を守る武器などもいただいたりして、基本、安全です。ファイザリー王国にいつ頃着けるかわかりませんが、国境に近づけば聖獣に知らせに行ってもらおうと思っているので、その時は迎えに来てほしいです。国内ならたやすいですよね？」

王様は頷いた。

『我が国の国境まででいいのか？　どの国であっても迎えに人をやるが』

質問系で俺の言い分を尊重してくれているけど、本当はそうしたいよな。俺もそのほうがいいと思うんだけど……どういうルートになるかわからないし。

『飛竜《ひりゅう》をやれば早く対応できる』

「アデルから、国同士がどこまで親密なのかわからないようなことを聞きましたが、大丈夫でしょうか？　飛竜って空を飛ぶんですよね？　目立ちませんか？」

逆に聞き返すと、王様はぐっと詰まってしまった。

やっぱり頼みにくいんだ。表向きは友好的でも、相手の弱みを握れるチャンスだったら、簡単に裏切られる可能性があるもんな。

普通の人ならまだいいけど、王族とか、裏切りとかいろいろありそうだし。

「王様、早く息子さんたちが帰ってくるのを願っていると思います。俺も同じ思いです。この国か、その次の国でも迎えに来ることが安全面で可能だというならば待っていますが、そうでないなら、俺たちが自力で戻るまで待っていてほしいです」

『…………』

「確かに危なっかしいけど、けっこう楽しく旅をしてるんです。アデルもナリスも、お城では経験できないことをいっぱい体験できて喜んでるし。今だって、宝探しの最中で、ドラゴンのおかげでこうやって水鏡を使って王様たちに会うことができました。この子たちに、いろんな経験をさせてあげてほしいです」

『君はそれでいいのか？　早く自分の世界に帰りたいだろうに』

「俺も二人からいっぱい学ばせてもらっていますから、大丈夫です」

王様はちょっと驚いたような表情で俺を見ている。それから王妃様に顔を向けた。

王妃様とアデルたちは、いつの間にか会話を終えていて、俺たちの話を聞いていたみたいだ。

『アデル、ナリス、私としては今すぐにでも迎えの使者を出したいところだが、各国への協力を求めることが不安な中、むやみに人を出すよりも、確実な場所で落ちあえるほうがいいようにも思う。彼と三人で我が国の国境近くまで帰ってくることはできるか？』

「できます、父上。大丈夫です」

『…………』

「コージと一緒なら、無事に果たせると思います」

「ぼくもおもいますっ！」

『そうか。ならばお前たちを信じて、知らせが届くまで待っている』

「はい！」

「はい、父上」

力強い返事に、なんかジンとくる。アデルとナリス、二人とも俺のこと、信頼してくれてるんだなあって。

『コージ、息子たちをよろしく頼む』

『よろしくお頼み申します』

「こちらこそ。信用してくださって、ありがとうございます。必ず二人を連れて戻りますので」

王様と王妃様が丁寧に頭を下げてくれた。それを見て俺も慌てて深く礼をする。

一国の王様なんかは立場に合わせた礼儀作法があるはずで、こんなふうに頭を下げるなんてないはずだ。

王としてではなく、二人の親として、俺に託してくれているんだ。

絶対、絶対、ファイザリー王国に戻り、二人をこの両親のもとに帰してやらなきゃ！

水鏡の表面がゆらりと揺れ、王様と王妃様の姿が揺らぎ始めた。

タイムリミットが来た。

「父上、母上！」

『アデル！　ナリス！』

『待っているからな！』

「ちちうえー、ははうえーっ」

四人の声が重なって混じりあう。何度も繰り返しているうちに、水鏡から王様たちの姿が完全に消えてしまった。

「うわぁーーーーーんっ、ははうえーーっ」

「泣くなよ」

「だってぇー、だってぇー、あーーん」

ナリスが大泣きし、アデルは必死に歯を食いしばっている。

見ていてつらいが、なにもしてやれない。

俺は無言でただただ見つめるだけだ。

それはパウパウとピノも同じのようで、微動だにせず、二人を眺めている。

俺は二人をそのままに、金と銀のマーブルドラゴンに向き直った。

「二人の両親と会わせてくれてありがとう」

『こっちこそ、僕の力を取り返してもらったお礼が、これくらいしかできずに申し訳ない。ところで』

金と銀のマーブルドラゴンは躊躇《ためら》いがちに言葉を繋いだ。そのくせ、話そうとしない。

「なんだ？」

『……連れている、その獣《けもの》なんだけど』

俺は金と銀のマーブルドラゴンの視線を追い、ピノを捉《とら》えた。

『何度も言うけど、その獣はよくわからない存在だ。気をつけたほうがいい』

そう言われても。

『これでも僕はピースリー最上位の聖獣であるドラゴン種だ。その僕が把握できない種族ということは、新種である可能性が高い。それはつまり、どういう存在になるか、予測不能ということだ。どうしてもともに旅をすると言うなら、常に変化に注意していたほうがいい』

そう言うと、金と銀のマーブルドラゴンは翼を大きく開いた。

『乗って。外に出よう』

言われるままに、俺とアデルとナリスが背中に乗る。あっという間に洞窟の外に出た。

あんなにいろいろあった道のりだったというのに。

ドラゴンの背中に乗って一直線ってのは、なかなか気持ちのいい体験だった。

「ありがとう」

『元気でね。旅の無事を祈ってるよ』

金と銀のマーブルドラゴンは俺たちの周囲を一度旋回すると、大きく飛び上がり、そして去って行った。

「行っちゃったね」

「ああ。俺たちもファイザリー王国目指して旅の再開だ」

「そうだね」

「しゅっぱつゴーゴー！」

「ははは、パウパウたちがまだだから、出発はもうちょっと待って」

パウパウは途中で置いてきた荷物を拾ってくるってことで、金と銀のマーブルドラゴンに乗らなかった。

ピノは、金と銀のマーブルドラゴンがどうにも牽制するんで別行動がいいと思い、パウパウに任せた。

だからここで待っていてやらないと。

それにしても疲れたなぁ。

俺たち三人はその場に座り、一服することになった。

だけど……

パウパウを待つ俺たちの目の前に、思いもかけない人物が現れた。

トレジャーハンターのレインさんとリューさん、人相の悪いほうの二人だ。

しかも、長い剣を鞘から抜いて、手にしている。で、ニヤニヤと気持ちの悪い笑みを浮かべている。

俺は全身がわけのわからない寒気に襲われるのを感じた。

「コージ」

アデルとナリスも俺と同じことを感じたようだ。後ろに隠れて俺の服をぎゅっと握っているのが伝わってくる。

「レインさん、リューさん」

こんなところで奇遇ですね――そう言いたいけど、言葉が出てこない。

「お前、あの中で財宝を見つけたのか？」

「え？」

「途中までついて行って見ていたんだがよ。あれ以上の深入りは危険だと思ってここで待っていたんだ」

「跡をつけていたんですか？」

「まぁな」

「どうして？」

レインさんがニヤニヤ笑いを深める。

「滝つぼでお前らを見た時、ピンと来るものがあった。普通のガキどもじゃないってな。で、しばらく張っていた。そうしたら、金目のものや高価な魔石銃も持っていた。それで確信した。かなりの金持ちか、高位の家柄のガキどもだってな」

言われていろいろ思いだした。

何度か人の気配を感じたことがあった。崖の上でキャンプした時とか、一人で坂をくだっている時とか。

俺だけじゃない。滝つぼでキャンプした時も、明け方にパウパウが人の気配がしたって見回っていた。

疲れていたり気を張っていたりもしたから、気のせいかと思って深く考えなかったけど、ぜんぜんそんなことはなく、この人たちが俺たちを見張っていたからだったんだ。

祭りの時に妙に話しかけてきたのも、持ち物を確認していたのか。

「ガキ三人が聖獣を連れているってところで、すでに普通じゃねぇもんな。で、宝は手に入れたのか？」

「……見つけたけど、俺たちは持っていない。あれはドラゴンの魔力で、持ち主に渡したから」

「なるほど。じゃあ、意味ねぇな。金銀財宝なら欲しいところだが、ドラゴンの魔力なんて興味はない。俺たちの興味は、お前の後ろにいるガキ二人だ」

アデルとナリス！

「それからお前が持っている宝石の入った袋と魔石銃だ。命まで取ろうなんて言わねぇから、お前はさっさと失せたらいい」

「…………」

「俺たちはお前らの行動をずっと見ていた。換金所で出していた宝石はかなり質がいいし、魔石銃も高性能な代物だ。お前が金持ちとは思えないから、ガキのほうかと思っていたら、ファイザリー王国の王子なんだって？」

！

「これでも俺たちは目利《めき》きだからな」

「目、利き？」

「ああ。金の匂いがすることには素晴らしく勘が働く」

「トレジャーハンターだから？」

するとニ人は腹を抱えて大笑いをした。

「お前は真面目で素直だなぁ。俺たちの言葉を信じるんだから。トレジャーハンター？違うね。俺たちは盗賊組織の人間だ」

盗賊組織……マジか。

アデルが俺の服の裾を少し引っ張った。

「コージ、走って逃げよう」

ひそめた声。その通りだと思うけど、ナリスを担いでどこまで走れる？　俺、肩を怪我して、まだけっこう痛むんだけど。

パウパウ、早く戻ってきてくれ。

「ダメなら、魔石銃で倒そう」

それしかないか。けど、魔獣以外の動物にもトリガーを引けない俺が、人間を手にかけるって、ハードル高すぎる。

でも、そんなこと言ってられない。王様と王妃様に、二人を必ず連れて帰るって約束したから。

緊張で全身から汗がぶわって噴き出してくる。

ゆっくり、ゆっくり、腰に手を動かす。

早打ちなんてできないし、安全装置だって外さないといけないから難しいんだけど。それでも握っているだけでもぜんぜん違う。

だけど……

「お前、俺たちを舐めんのもたいがいにしろよ？　お前みたいなド素人なんざ、俺たちの相手じゃねーんだよ。ぶっ殺されてぇか！」

やっぱ、バレてるか。

どうする？

いや、レインさん（さんはいらないか）の恫喝《どうかつ》だけで、マジでビビッてんだけど、俺。

「まあまあ、そうイキるな。なぁ、コージ、俺たちも問答無用の悪人ってわけじゃねぇからさ、取り引きしてやってもいいんだぜ？」

取り引き？

服の裾が引っ張られる。アデルの緊張が伝わってくる。ナリスはきっと、もう見てられなくて、耳を覆って蹲《うずくま》っていることだろう。

「俺たちの言うことをよーく聞くなら、お前も一緒に連れてってやるよ。で、雑用係に徹すりゃあ、重宝《ちょうほう》されると思うぜ？」

「重宝？」

「お前、料理がうまいだろう。俺がボスに取り持ってやるよ」

「…………」

「じゃなきゃ、ガキどもを置いてさっさとどっかへ行くか、ここで俺たちに息の根を止められるかのどっちかだが」

リューのおっさんが長剣を肩に担ぐようにして俺を威嚇する。

「ガキ二人を連れて逃げるのは不可能だろ。よーく考えようなぁ」

ニヤニヤ笑いには腹が立つが、言っていることは正しい。けど、俺たちにはパウパウがいる。パウパウさえ来てくれたら、俺たちの勝ちだ。

やっぱ、時間を稼ぐしかない。

「投降したらホントに命は助けてくれるのかよ？」

「もちろんだ。お前が俺たちに仕えると誓うならな。お前みたいな細々したことが得意なヤツはボスの好みだからよ、可愛がってくれるぜ」

冗談じゃない。犯罪に加担なんて御免だ。

「雑用係は別にイヤじゃないけど……」

パウパウ、荷物をピックアップするだけなのに、なにやってるんだよ。早く戻ってきてくれよ！

ジャリっと足音を立てながら二人が近づいてくる。

「コージ」

「コージぃ」

わかってる。なんとか時間を稼がなきゃ。

「おとなしくしろや」

万事休すだ。

「いってぇ！」

いきなりビンタが顔面に炸裂して、目の前に星が飛んだ。

「コージ！」

「黙れ、ガキども。こいつがえらいことになりたくないなら、おとなしくしてろ」

俺を殴ったレインのおっさんが手を差しだしてくる。宝石の入った袋と魔石銃を渡せってことなんだろう。

パウパウがいない以上、抵抗しても勝ち目はない。

その時、俺の後方で、ガサリ、と音がした。

パウパウか！

期待を込めて振り返ったんだが、違った。

「おめぇ、どこほっつき歩いていた！」

現れたのはリゲルさんだった。あ、いや、仲間なんだから、この人にも『さん』はいらないな。

「オゾはどうした？」

「さぁ、知らない」

「知らないだぁ？」

「別行動だった」

「なんだとぉ!?　お前ら、仲間に入れてほしいって頭下げてんだろうが。なにを勝手な行動してんだよっ！」

仲間割れかな？　人相の悪いレイン&リューコンビに対し、そうじゃないリゲル&オゾコンビは格下ってことなのかな。

でも……醸《かも》しだすムードは、どっちかと言ったらリゲル&オゾコンビのほうが、得体の知れない迫力があるように思うんだけど。

「で？　兄さんたちが言っていたのは正しかったのか？」

「まぁな」

「へぇ。それはすごい。さすが兄さんたちだ」

「当たり前だろうが。金目のことを嗅ぎ分ける嗅覚は伊達じゃねぇんだよ」

リゲルのよいしょに、おっさん二人は満足そうな顔をしている。

このままおしゃべりで時間を食って、パウパウが到着してくれたらいいのに！

パウパウ、まだかよ！

俺の気が逸れていた間に、リゲルに両手を後ろにやられて縛られていた。

「コージになにするんだよ！　やめてよ！」

「あーん、コージぃ」

「ガキども、こいつが大事なんだろ？　だったらおとなしくしてろ。行くぞ」

レインのおっさんがそう言った時だった。リゲルが俺の前に立ち、ドンと俺を突き飛ばした。

いきなり、それもかなりの強さで押されたので、俺の体はけっこう派手に後方に吹っ飛んだ。

「コージ！」

アデルとナリスが地面に転がった俺の体にしがみついてくる。

ケツから落ちて強打したから痛くてっ。だけど、なにが起こっているのかわからなくて、慌ててリゲルを見て、いっそう驚いた。

リゲルが腰の長剣を抜いていたからだ。

「リゲル！　貴様、なにやってる！」

レインが吠えるように怒鳴る。

「お前たちのアジトに行くのが目的だったが、子どもを危険な目にあわせるわけにはいかない。やむなく作戦変更となった」

「作戦だぁ!?」

「胡散臭せぇと思ったんだ」

いったい、どうなってるんだ？　仲間割れ？

おっさん二人も剣を抜いた。

二対一、不利だろ。

「やっちまえ！」

二人が同時に踏み込んだ。左右から剣がふるわれるのをリゲルはさらりとかわす。

そこからレインの次の一撃を剣で受けとめ、押し込んだかと思ったら腹部に蹴りを入れていた。

レインの体が後ろに吹き飛ぶ。リゲルは振り返りざま、柄頭をリューの顔面にぶち込む。

動きが速くて目で追うのが大変だ。

「野郎！」

起き上がったレインが大きく振りかぶって剣を振り下ろす。それをわずかに左に動いて避けると、そこからくるりと反転した。

レインの間合いどころか懐に入ってしまった。

まさか腹に刺し込む？

ゲッと思ったけど、そんなことはなかった。斬ったのは腕で、レインが悲鳴を上げて剣を手放した。肘辺りから血が流れている。

さらにそこに、膝頭に蹴りが入って、レインは地面に倒れ込んだ。

動かないから、気絶したみたいだ。

「ちくしょー！」

叫んだのはリューのほうだった。激怒りの状態でリゲルに向かって行く。

リゲルは無表情のまま、剣を構え、間合いに入ったリューを斬りつけた。

長剣が吹っ飛んでいく。リューの手首から血がしたたっている。そこにもう一打、腹部に蹴りが入った。

こっちも地面にたたきつけられたあと、ピクリとも動かない。

二対一だったのに、あっという間に終わってしまった。

リゲルが俺のもとにやってきて、腕を掴んだ。

「あの」

「すまなかった。ちょっと待ってくれ」

リゲルは俺を縛っていたロープを解くと、それを持って気絶中のレインの体をひっくり返して両足首を縛った。

そこにリゲルを呼ぶ声が聞こえてくる。

「ここだ！」

リゲルがそれに応じると、間もなく馬に乗ったオゾが現れた。でも、オゾだけじゃなかった。筋肉質の男が二人。しかも騎士風の服を着ている。

え……どういうこと？

「あら、終わってたか」

「二人だからな」

「でもこいつら、そんなに弱くないだろう」

「そうか？　弱かったが」

その言葉にオゾが苦笑を浮かべる。

「さすが一番隊一の強さを誇るリゲル様だな。まぁいい。おい、縛れや」

オゾの言葉に、騎士風の二人がリューを縛ってしまう。これで二人とも自由を奪われた。その手際のよさから、相当慣れてるなって感じだ。

「坊やたちに怪我は？」

リゲルとオゾが俺たちを見るものだから、反射的にかぶりを振っていた。

「コージは多少ぶつけて打撲している箇所があるだろうが、子ども二人はなにもない。怖い思いをしたくらいだろう」

「そうか、それはよかった」

「あのぉ……」

俺の声に二人がこちらを見る。そしてオゾがニカッと笑った。

「血が出てるのか？　手当てしてやる。まずは駐屯地まで来てくれや」

……駐屯地？

かくして俺たちはオゾが連れてきた馬に乗って、よくわからない場所に連れられて行った。

なんかもう、次から次への怒涛の展開で、心臓がもたないって状態なんですけど！

俺たちが案内されたのは軍隊っぽい場所で、立派な建物だった。

中に通されて俺は丁寧な手当てを受けた。それに汚れた体をきれいに拭いてもらい、着替えてすっきりする。

血で汚れたアンダーやトレッキングウエアはもうダメだな。気に入っていたんだけど。

人心地着いたところで、リゲルさんとオゾさん（ワルじゃないとわかったとたん、呼び捨てをやめて『さん』付けするって、俺も現金だな）が現れ、今、講義室みたいな、広くてテーブルがいっぱい配置されている部屋で、お茶を片手に向かいあっているところだ。

二人はここが、マリウン王国が誇る軍隊に所属する、国境警備隊の駐屯地だと教えてくれた。二人は国境警備隊の隊員だった。

で、俺のほうは、洞窟でなにがあったか、そのことを説明し終えたところだった。

「ってことは、もうこの周辺では魔獣の襲撃は減るってわけだ。それはありがたい」

オゾさんが太い右腕をテーブルに置き、体を斜に構えてそう言って笑った。

「俺たちは盗賊組織に潜入調査をしているところだった」

オゾさんが続ける。

「潜入調査？」

「ああ。やっと組織の人間を見つけたんで、仲間になりたいってなフリをしていたんだ。で、アジトに連れて行ってもらう予定だった。組織のリーダーに会って仲間に入れてもらってから、隙を見て隊員を呼び、一網打尽にするのがいいだろうってことでさ」

どおりで雰囲気が違うわけだ。

犯罪組織のならず者と、国家の軍隊組織の一部である国境警備隊の隊員では、月とスッポンだろう。

「あいつら、お前たちに目をつけたんで、これはマズいと思ってさ。注意はしていたんだが。こっちもあと一歩まできていたんで、なかなか決断できずにいた」

「何度もやめようと言ったんだが、聖獣の次は宝石の換金、それもけっこう質のいいのを持っているってなって、さらに魔石銃の登場だ。目の色変えやがった。裕福な家の子どもだと踏んで、親を強請《ゆす》る気になったんだ。だから君には、近づくなって睨んでいたんだが、通じなかった」

リゲルさん……アレ、やっぱりわざとだったんだ。なんで怖い顔されるのかわからなかったけど。

でも、わかるわけないよな？　見知らぬ人に睨まれたってさ。

「で、洞窟の中でのやり取りだ。誘拐して、身代金を要求する相手としては最高だって大喜びしやがってさ」

「だからオゾに、仲間を呼びに行かせた。あの二人なら俺一人で倒せるからな」

アデルとナリスがファイザリー王国の王子だってこと、この二人に知られてしまったのは失敗だ。しまったなぁ。

「まさか異国の王族とは思わなかった。さすがに驚いた」

リゲルさんの言葉に俺は焦ったけど、オゾさんはニヤッと笑いながら、うんうん、とわざとらしく頷いている。

「驚くどころじゃないだろう」

言いつつ、リゲルさんはオゾさんの肩を肘でつつく。

「俺は肝が冷えたさ」

リゲルさんが苦笑する。

めちゃくちゃイケメンだから、苦笑でも破壊力抜群だ。女の子だったら魂持ってかれるとこだろうな。

「国家間の政治的問題に発展しかねない。しかも国境警備隊が同行していて、王子誘拐、もしくは傷害事件など、我が国の落ち度になる。どんな結果になろうと、俺たちは間違いなく極刑だ」

なるほど。

「でもまぁ、守る自信はあったから、焦ったのはその場だけだったが」

「俺たちのために計画を変更させることになってすみません」

「気にするな。不測の事態は常に考慮している。それに子どもの犠牲によって任務を遂行するなど本末転倒だからな」

「でも、よく短期間で仲間を呼びに行けましたね」

俺が聞くと、オゾさんは得意げな顔をした。

「ここらは俺らの庭だからな。一般人が歩けないようなけもの道を使っての近道をいくつも知っているし、そもそも犯罪者はえてしてそういう歩きにくい道を使いたがるから、常に鍛えてるんだ。あの洞窟とこの駐屯地を往復するなんて造作もないさ」

そりゃそうか、取り締まっている側だから、当たり前か。

「あの二人はどうなるのですか？」

この質問には、リゲルさんはちょっと難しい顔をして天井を見上げ、それから「うーん」と唸った。

「まだわからないなぁ。さっさとアジトの場所を吐いて、捜査に協力するなら情状酌量もあるだろうが、相当やらかしているタチの悪い連中だから、刑はかなり重いだろう。採掘場送りか、もしくはさっさと処分されるか」

確かにかなりワルそうだったもんなぁ。とても改心するとは思えないし。

「祖国まで送らなくていいのか？　確約はできないが、なんとか送り届けられるよう上に交渉するが」

今度はリゲルさんが俺に尋ねてきた。

「それは大丈夫です。二人の両親も納得してくれたし、俺たちには聖獣がいるから、なんとかなると思っています」

オゾさんが横で「そうかなぁ」とか言って首をひねっている。

大丈夫だ。今までうまくやってきた。楽観視はせず、気をつけるべきことには気を配っている。

なにより、二人の成長が著しいと思うから。

「ところで」と、リゲルさん。

「はい」

「コージが持っている魔石銃、すごいな。どこで手に入れた？」

「これは……えっと」

目が合ったので、思わず逸らしてしまった。

「いや、いい。言いにくいことを無理に聞きだすつもりはない。それになんとなくわかる。君たちに協力的な有力貴族か誰かが贈ったんだろう」

「鋭いっ」

思わず言ってしまい、慌てて口を押さえた。すると二人が笑った。

「こんな代物、よほどの金持ちしか手に入れられない。我々治安を守る立場の者にすら、なかなか配給されないんだから。しかも金目のものや魔石も持っているとなると、深刻になることもないだろう。で、だ」

リゲルさんがポケットからペンダントを取りだした。

「これは我ら国境警備隊の者だけで通じる印だ。内々のものだから、隊員以外の者に見せても意味がない。困ったことがあれば、駐屯地《ちゅうとんち》に行ってこれを見せろ。必ず協力してくれる」

「え、でも」

「食い物がないとかでもいいさ。どんな些細なことでも、旅に支障が出そうな時は寄れ。なにもなければそれに越したことはない」

「ありがとうございます。でも、そこまでしてもらうのは申し訳ないんですけど」

「危険な目にあわせてしまったし、君たちが無事に祖国に帰ることを祈っている。身を守るアイテムは多いに越したことはないだろ」

それはそうだけど。

「君がすべきことは遠慮ではなく、子どもたちを守るために手段を選ばないことだ。そうだろ?」

リゲルさんがにこりと笑った。

確かにそうだ。最優先すべきことは、アデルとナリスを守ることだ。

なんか出会う人出会う人、みんな優しくて泣ける。

「好意に甘えさせてもらいます。親切にしてもらったことは、二人の両親にしっかり伝えますので」

「それはありがたいな」

「でも」

「ん？」

「二人の身分については内密にお願いします」

リゲルさんとオゾさんは互いを見合い、それから俺に顔を向けて笑った。リゲルさんが人差し指を立てて口元にやった。

「ありがとうございます！」

俺がもう一度礼を言った時、外が騒がしくなった。で、人が駆け込んでくる。

「リゲル、外に聖獣がいる。コージとアデルとナリスがいるはずだって騒いでるんだけど、お前が連れてきた子どものことじゃないのか？」

「ああ、そうだ。コージ、迎えが来たみたいだぞ」

リゲルさんはそう言うと、力強く頷いた。それを見て俺は立ち上がった。そして深々と頭を下げた。

「ありがとうございました。行きます」

「ああ、気をつけてな」

「元気でやれよ」

「はい！　アデル、ナリス、行こう」

「うん」

「はーい」

俺たち三人はもう一度礼をして部屋を飛びだした。

建物の外に出ると、パウパウが大勢の隊員に囲まれていた。

「パウパウ！」

『あ、コージ！　ひどいじゃないか、洞窟の出入り口で待ってるって言ったくせに！』

パウパウがすごいスピードで飛んできた。

「悪い悪い。いろいろあったんだ」

『僕だっていろいろあったんだよ。待っていてくれたっていいじゃないかっ』

えらく怒ってるな。よほどのことがあったのか。

『魔獣がまだいたんだ！』

魔獣？

「話はあとだ。いつまでも居たら迷惑だから、早く出よう」

俺たちは国境警備隊の駐屯地の敷地から退去し、山の中に戻ってきた。

さすがに今日は疲れたから、場所を決めたらのんびりしたい。それはアデルとナリスも同じみたいで、ご飯は簡単なものでいい、なんて言っている。

ということで、俺がメシ作りに勤しんでいる間、アデルとナリス、人型になったパウパウがテントを張ってくれ、準備を終えた。

みんなでいただきますを言って、食事にありつく。

簡単なものってわけで、とにかく肉も野菜も単純に網の上で焼いて、火の通ったものから食べていく。

そう、バーベキュー。野菜は、トウモロコシ、ナス、キノコ、タマネギ、ジャガイモ、ピーマン。肉はラム肉とソーセージ。

味つけは塩とコショウのみ。

最初はみんな無言でガッツいていたけど、胃袋が満たされてきたら会話が始まった。

俺はパウパウに、トレジャーハンターの四人が盗賊組織と国境警備隊だったことを説明した。

一方、パウパウは、というと。

『金銀のドラゴンの宝珠と、あの魔獣たちの力が強すぎてまったく気づかなかったけど、光る虫、あれ全部魔獣だったんだ！』

なんて言うから驚いた。

「ちょっと待てよ。洞窟の中、昼間みたいに明るかっただろ、どんだけいるんだって数だったぞ？　それなのに気づかなかったのかよ？」

『気づかなかった』

気づけよっ。なにドヤってんだよ。

『連中、光ることで魔力を消費してるみたいなんだ。でもドラゴンの宝珠の力に興奮状態で、光ることをやめられないみたいでさ、それまで普通だったのに、急にざわめきだして、僕を追いかけるようになった』

「あの数が？」

『そうだよ！　あの数でだよ！　ゾッとするよ』

俺もゾッとする。

『最初、意味わからなくてさ、ちょっとパニくったんだけど、たぶんドラゴンが洞窟を出て、魔力が遠ざかったから連中も慌てたんだろう。で、僕の魔力に気づいて、群がってきたんだと思う』

「それって、パウパウが金と銀のマーブルドラゴンと、あの五頭の魔獣の魔力の力で虫の魔力に気づかなかったのと同じで、虫のほうもパウパウに気づかなかった、ってことなのかな？」

『そうだと思う。洞窟周辺は、聖獣と魔獣の、それぞれ強烈な魔力が混ざりあって、得体の知れない状態になっていたんだよ。今はなんにも感じない』

はあ、と大きなため息をついて、パウパウは虚脱《きょだつ》した。

「あんだけの数に追い回されたら怖かったんじゃね？」

『怖くはないけど、近寄らせないために魔力を放出したら逆に寄ってくるし、かといって弱めたら体にくっつくから気持ち悪いしで困った』

「お気の毒様」

『コージだってピンチだったくせに』

「まぁな」

パウパウはまだ怒りが収まらない様子だが、アデルとナリスがウトウトしているのを見たら口を噤《つぐ》んだ。

一日いろいろありすぎて、もうみんなヘトヘトなんだよ。

『僕ももう寝るよ』

「そうしよう。アデル、ナリスと一緒にテントに行って」

「…………」

「アデル」

「あ、うん。でも、片づけは……」

「俺がやるから、ナリスを頼む」

「わかった」

目をこすりながら、アデルがナリスの手を引いてテントに入って行った。パウパウも一緒について行き、テントの正面に陣取って丸まった。

さて、俺。

正直、片づけは面倒くさい。でも、やっとかないと、明日の朝、困るから。

『ピヨ』

ピノが俺の足に顔をこすりつけて懐いている。

かわいいなぁ。

「お前、なんかすごい存在っぽいけど、正体はなんなんだろうなぁ」

『ピヨ！』

目が合って俺が話しかけてくるのがうれしいのか、丸くて黒い目を細めた。小さな翼で俺の足を抱きしめてくる。

パウパウが解けなかった虹色の膜を一瞬で破ってしまった。ピノがいなかったら洞窟の中に入れなかったわけで、そうなると金と銀のマーブルドラゴンの願いもかなわなかったわけで。

しかも金と銀のマーブルドラゴンは再三ピノには注意しろって言ってたし。怖い魔獣なのかな？

でも……

「お前がどんな存在でも仲間だから」

ピノがぴょんと跳ね、俺の膝の上に乗ってきた。顔を胸にこすりつけてくる。かわいい姿を眺めていて、ふと気づいたことがある。

ピノを拾って（実際はナリスとパウパウが卵を拾ったんだけど）、どれくらい経った？　けっこう日数経ってない？　それなのに、ピノってまったく外見が変わっていない。

身長三十センチくらいで、外見はまるっきりヒヨコ。三角の嘴に、黄色い体。水かきがついた足。

『シアタル亭』を出た日からだから、今日で二週間くらいになる。もう少し成長してもよくない？

それとも大型のヒナだから、外見の成長は緩やかとか？

ペットって飼ったことがないから、よくわからないなぁ。

「お前、ぜんっぜん様子が変わらないけど、大きくならないのか？」

『ピヨ！』

「ああ、パウパウみたいに人の言葉がしゃべることができたらいいのにな。でも、ってことは、やっぱりピノは魔獣なのかな。パウパウが聖獣は人語を操れるけど、魔獣にはできないって言っていたから。あ、いや、待て。ドラゴン種は別格だったっけ。イマイチ、このピースリーの生態ってわからないんだけど」

ピノの頭をなでなでしたあと、俺は道具や食器を洗って寝ることにした。

起きたら、大変なことになっていた。

目の前に巨大な黄色い塊があって、俺やアデルたちはもちろんだが、パウパウまでしばらくぽかんとソレを見上げている。

その正体は……

『ピヨーーー！』

頭上から重い岩が落ちてくる感じの重厚な鳴き声。そしてエコーがすごい。

このデカい黄色の塊がピノであることは明白なんだが……どういうこと？

『コぉーーーージーーーーーっ』

しゃべった！

つーか、俺が昨夜、でっかくならないのか？　とか、しゃべることができたらいいとか言ったから？

ってことは、ピノは聖獣ってこと？

『なんか……』

パウパウが見上げながらなにか言おうとしたが、続かない。

「パウパウ？」

『変な感じだ』

「でも、しゃべったよ！」

アデルがツッコミを入れる。

「コージっていったぁ」

ナリスも。

『あれはしゃべったとは言わないと思うけど』

「そうだな、名前を呼んだだけだ。けど、パウパウ、それでも人の言葉を言ったのだから、ピノは聖獣ってことになるんじゃないの？」

『うーん、聖獣の気配はないけど』

「まじゅうのけはいはぁ？」

と、ナリス。

『魔獣の気配もない』

アデルとナリス、パウパウの会話を聞きながら、俺は昨夜のことを考える。

ピノは俺が言ったことに応えようとしてくれたんだろう。

だけどピノは、俺の言葉を正しくキャッチしていない。俺は成長しないのかって意味で言ったのであって、巨大化することじゃない。

気持ちはうれしいけど、困るよ。こんなデカいヤツ連れて旅なんてできないだろ。

「ピノーー、元の姿に戻ってくれよ。でないと連れて行けないんだぁーー」

ピノは首を傾げて俺を見ている。それから翼を広げた。

「うわっ」

ヒナのピノの翼は小さい。だけどこれだけ本体がデカかったら、おのずと翼自体も大きくなるので、強い風が起こった。

「コージ、どうするの？　これではホントに連れて行けないよ？」

「わかってる」

「でもぉ、ピノ、コージぃのことがだいすきだからぁ、ずぇっーたい、ついてくるよぉ？」

「そーなんだよ。どうしよっか」

わからない者ばかりで悩んでも仕方がない。もう一回、リゲルさんたちを尋ねて行って、この状況がわかる人を教えてもらうとか、紹介してもらうほうがいいかな。

例えば、そうだな……魔獣ハンターとか、この国の司教とか。なんかアドバイスをもらえるかなって思うんだが。

俺が動くとピノがついてくる。かといって、アデルとパウパウに行ってもらうのもどうかと思う。ここはパウパウに監視を頼んで、俺とアデルとナリス、で行くか。

『ピヨ！』

すると、またピヨが鳴いて、大量の煙が発生した。呆然となっている俺たちの前で、ピノは煙と同時に小さくなり始め、そして元の大きさに戻った。

えーっと……どういうこと？

横でアデルとナリスがピノをだっこして喜んでいる。

「ピノ、よかったぁ。あんなにおおきかったらぁ、おわかれだとおもったよぉ」

「そうだよ。さすがに連れて行けないから」

『ピヨ、ピヨ』

またしゃべれなくなってるな。といっても、俺の名前を呼んだだけだけど。

俺は無言のままパウパウを見た。パウパウも俺を見ている。

「どういう状況か、お前、わかる？」

『コージがピノになんか言ったんでしょ？』

「……大きくならないのか？　とか、しゃべることができたらいいのにって言っただけだけど……」

『コージの期待に応えたかったたってことか。よほどコージのこと好きなんだなぁ』

「親だと思ってるんだろ？　ヒナは最初に見た動くものを親だと思うからさ」

聖獣とか魔獣とかも、刷り込みが起こるのかは知らないけど。

『あのドラゴンも警戒していたから、怪しい存在だってことは確定だと思うものの、新種なら誰にもわからない。僕とナリスが卵を拾ったのはひらけた河原の草むらだから、そんな珍しい場所じゃない。特異な存在がいたとは思えないけど』

『考えられるのは、なにかが運んだとか、たまたまあそこで産んだとか、ホントの偶然だと思う。それはさすがに推理できないから、ピノの成長を待つしかないかな』

だよな。俺も同感。

「成長して容姿が変化してきたら、どういう種類かわかるか」

『魔力も出てきて、聖獣か魔獣かもわかるだろうしね』

ってことは、このまま一緒に旅をするしかないってことだ。

もし道中でこういうのに詳しい人がいそうなら、訊ねてみるのも手かもしれない。

「ねぇ、コージ、一度大きな街に寄ってみない？　ピノの正体はわからなくても、手がかりとか得られるかもしれないよ？　それにね、コージと一緒にドラゴンに飛ばされて今日で二十四日経つでしょ？　明後日、六の月の二十二日って、ナリスの誕生日なんだ。祝ってやりたい」

「明後日、誕生日！」

そうだ。自己紹介した時、もうすぐ四歳って言ってたもんな！

「そっか、ナリス、もうすぐ誕生日だったんだ」

「はい！」

「お祝い会を開かなきゃな。じゃあ、朝メシ食ったら、街に向けて出発しよう」

新しい目標ができた。

一つ目、ピノの正体を知るために手掛かりを探す。

二つ目、ナリスの四歳の誕生日を盛大に祝う。

急いで朝食の用意をして食べて、片づけて。それから地図を確かめて、大きな街がある方向を確認する。

西に数キロ行って、そこから下山したらけっこう大きな街に着けそうだが。

「このまま南下してマリウン王国を突っ切り、クチュリ王国に入って南下を続けるのがファイザリー王国に行くにはベストなんだけどなぁ。うーん、最終目的地に向かって離れていくっての、どうなんだろう」

「途中で軌道修正したらいいじゃない。それにマリウン王国は東西に長い国だから、よほど西に行かない限り、どこで南下してもそんなに変わらないよ。それよりも、ピノの正体とナリスの誕生会だよ」

「帰るの、どんどん遅くなるけど？」

俺の言葉にアデルはナリスと目を合わせてから笑った。

「父上と母上に会えたから大丈夫だよ」

「あえたからぁ、さびしくないっ。コージぃいるし」

そっか。

「よし、わかった。それで行こう。出発だ！」

「しゅっぱつ！」

「ゴー！」

三人で掛け声を上げる。張り切って歩き始め、昼メシ、晩メシ、一泊して、翌朝に朝メシ、そして昼過ぎに街に到着した。

「うわぁ～、ひとぉ、いっぱい！」

まだ中心部じゃないと思うのに、すでに人で溢れている。

番地とか店名とかいろいろ掲げられているので、それを確認していったら、ここはマリウン王国東部カラナ州の州都バロンって街だということがわかった。

北にマンガン王国、東にピラウン王国、南にメジロス王国の三国に隣接しているということで、かなり栄えているらしい。

首都のマウーンはもっと西に位置しているということで、独自路線の濃い州だということがわかった。

しかも昔はここが首都だったそうだ。

貿易重視ってことで置かれていたが、それは同時に侵略されやすいってことで、三百年くらい前に遷都《せんと》されたそうだ。

ここの領主は遷都の際、時の国王の弟が残り、領主となったので、王家筋ってなんだって。ランチの際、たまたま入った店で、話し好きのおっさんが教えてくれた。

さらにラッキーだったのは、ここが古い街だってことだ。

というのも、そういう伝統がある場所には重鎮がいるってわけで、思った通り、中心部には大聖堂が鎮座していた。

大聖堂なら聖獣や魔獣に詳しい人がいると思うんだ。

俺たちはさっそく出向いた。

いきなり行って、すぐに偉い人に会えるとは思えないけど、俺たちが求めているのは聖獣や魔獣に詳しい人であるので、地位は関係ない。すぐには無理でも、アポが取れたらって思っている。

受付の人に事情を話したら、希望に添える者がいるか確認するから中で待つようにと、八畳くらいの部屋に通された。

「誰かいるかなぁ」

アデルがソワソワしながら言う。

「誰かいると思うけど、いつ会えるかだよなぁ」

「うん」

なんて会話をしながら待つこと……三十分くらい？　ナリスの我慢がそろそろ限界に近づいているようで、落ち着かなくなっていた。

「こら、じっとしてろ」

アデルが注意したら、ナリスは口を尖らせた。

「だってぇ、たいくつなんだもん」

「僕だって退屈だよ。でも我慢だろ?」

「うーうー」

俺もうーうー唸りたい。

それからまた十分くらいが経って、もぞもぞしていたナリスが立ち上がりかけた時だった。

扉がノックされ、返事をする前に開いた。

入ってきたのは見るからに偉い人、って感じの老人だ。衣装と、頭にかぶっている高さのある帽子がめっちゃ豪華だ。

俺たちはさっと立ち上がった。

「おかけなさい。楽にして。私はこのグロリアネッタ大聖堂を任されている大司教のアスレルだ」

大司教? えっ、いきなり大司教様に会えるの?

言われて着席し、それぞれ名を名乗って挨拶をする。

「私は神の使徒となる前は魔獣ハンターをしていた。それゆえ、魔獣のことは詳しいつもりだ。だから大司教という立場抜きで話がしたい」

　俺はピノのことを簡素にまとめ、正体を知る術を求めていることを説明した。

　大司教様は「うむ」と言いながら頷いた。

「言い伝えによれば、古き時代、聖獣と魔獣の区別はなかった。聖獣は魔獣であり、魔獣は聖獣であった。しかしながら、これら聖魔獣の命の灯が消えたあとにできる魔石の存在を知った人間は、種族問わず狩るようになり、そのことによって人間の言葉を操り協力する種族と、人間を厭《いと》う種族に分かれた。それが聖魔獣の謂《いわ》れとされている」

　うん、と俺たちは相槌を打つ。

「この言い伝えがどこまで正しいかは定かではないが、聖獣は人語を操り、魔力を放出するが、魔獣は人語を話さず、怪力や速度が尋常ではない存在であるのは確かで、魔力の強弱はかわらんだろう。ゆえに、人間との距離感からそれぞれ進化したのだと思われる。さて、そこでこの二種の関わりだが」

　大司教様はパウパウとピノを順番に見た。

「聖魔獣がツガイになることはないとされているが、絶対ではない。この二種がツガイになって子をなした場合、力がどうなるか、これはピースリーに存在する宗教関係者がこぞって調べていることだ。残念ながら各国の関係者は情報交換をしておらんゆえ、我々も我々が得た情報しか持ち得ておらん。つまり諸外国が持つ情報は、個別につながりのある魔獣ハンターから聞いたものだけ、ということだ」

なんか、ちょっとわかってきた。

大司教という立場の人がわざわざ出てきたのは、この人が若い頃に魔獣ハンターをしていて詳しいから、なんかじゃなく、ピノの情報が欲しいってことなんだろう。

だったら真剣に考えて協力してくれそうだ。

「非常に強力な魔力を持つ魔獣の中に、完全に成熟してから魔力が発動するようになる種族がいる。であれば、魔獣が張った魔力を通り越したというのは、解いたというより中和したと解釈できるが、言葉に応じて巨大化し、名前だけとはいえ人語を口にしたというのは説明がつかない。できればその獣、預かりたい」

俺はかぶりを振った。それは無理だ。

「俺たちは先を急いでいます。ピノは俺になついているので、ここに留まることはしないでしょう。数日なら滞在できますけど、長くは居られません」

「……そうか」

大司教様は落胆したように肩を落としたが、ピノをマジマジと眺めてから、目を瞬いた。

「氷竜《ひょうりゅう》の類かもしれないな」

『ドラゴン種は魔獣じゃない』

パウパウがすかさず言うが、大司教様は身を乗りだし、ピノの水かきのついた足を指さした。

「小さいが爪がある」

え！　ウソ。

慌ててピノを抱き上げ、足を掴んでよく見てみる。

「ホントだ」

いつの間に？　足の先にほんの小さな鉤爪が生えている。

「氷竜は極寒の海域を好むため、水かきと爪を持っている。だが、そこの聖獣が言った通りドラゴン種は聖獣だから生まれた時から魔力を放つ」

『もしかして……聖獣と魔獣の間に生まれた？』

「その可能性が高いが、可能性と言えばもう一つある」

もう一つ？

「外部からのなんらかの作用によって、消失したのかもしれない」

「なんらかの作用って？」

俺の質問に、大司教様は首をひねりながら、

「河原に卵が落ちていたということは、親、氷竜が母親か父親かでも異なってくるのだが、生まれないと思って捨てた可能性がある。想像するに、母親が魔獣で、卵から魔力が感じられないので死んだとでも思って捨てたのが実は生きていて、きちんと孵化したのではな

いだろうか。魔獣は魔力でもって、生死を捉《とら》えているのでね」

大司教様の推理だと、確かに河原にあったのもわかるけど……あんなところで産卵する？　それとも卵を持って移動していた？

んーー、こんなの、いくら想像してもわからないよなぁ。

「君たちに頼みがあるのだが」

「はい」

「この獣の羽毛と血をもらえないだろうか。研究材料にしたい」

預かれないなら、せめて研究材料が欲しいってところか。まぁ、仕方がない。こっちが押しかけて、知っていることを教えてほしいって頼んだんだから。

「ピノ、痛い思いをさせて悪いんだけど、協力してくれ」

『ピヨ？』

「すぐに終わるから」

部屋に数人入って来て、ピノは自分に向かってくることにビックリしたみたいだ。ちょっと怯えたような感じで俺にくっついてきたけど、頭を撫でてやったらおとなしく採血と数枚の羽毛を採取された。

「痛かった？　ごめんな」

『ピヨヨ……』

痛かったみたいだ。もう数度、頭を撫でると、目を細めたので大丈夫みたいだ。

「よほど君に懐いているんだな。魔獣は人には懐かないので、その水かきと爪から、やはり聖獣と魔獣の子であろう。成熟した時、どちらの魔力が強くなるか、だが……」

大司教様が俺の顔をじっと見つめる。

「君との関わりがこの獣の先を決めるだろう。大事にしてやりなさい」

「…………」

「コージ、どうしたの？」

「コージぃ？　どうしてないてるのぉ？　かなしいことあったぁ？」

泣いてる？　悲しいこと？

いやいや、そんなものはない。でも、目の前が滲んでいることは確かで……

『コージ』

「……すみません。えっと」

ポロポロと涙がこぼれ落ちるのがわかった。

慌てて手の甲で拭い、ピノを見たらまた溢れてきて、とまらなくなった。

「すみません。なんか、どうしたんだろ」

いや、わかってる。

パウパウも、あの金と銀のマーブルドラゴンも、ピノを怪しんで、捨てろとか気をつけろとかって、ピノが危険な存在みたいに言うから、俺はずっと迷っていたんだ。

パウパウたち聖獣の言葉が正しいはずなのに、かわいいからって自分の気持ちを優先してきた。

でも、もしかしたらとんでもなく悪いことをしていて、最悪の事態を招いたらどうしようって気持ちがあることに気づいていながら、見て見ぬふりをしてきた。

だから、怖かったんだ。

大司教様に大事にしてやりなさいって言ってもらえて、うれしくて……

「僕、もっとコージの役に立つように頑張るよ！　もっともっと頼ってもらえるように一生懸命やるから、泣かないでっ」

「ナリスもっ！　ナリスも、なまのやさいいっぱいたべるからっ。しかられたらぁ、すぐにごめんなさいするぅ。だからぁ、コージぃ、やだぁーっ、えーーーんっ」

なんでアデルとナリスが泣くの？

俺が泣いちゃったから？

自分たちのせいだと思ってる？

「コージっ」

「あーーんっ」

「泣くなよ。俺が単にピノかわいさに……」

「僕が頼りないから、コージ、誰にも相談できなかったんでしょ？　僕がもっとしっかりしていたらっ」

「アデルはよくやってくれてるよ。ホントだって。しっかりしないといけないのは、俺のほうなんだ。頼りないのは、俺で」

「コージはすごく頑張ってる！　すごく頑張ってる！　だから、アンドリューさんも、『シアタル亭』のみんなも、おばさんたちも、リゲルさんたちも、みんな親切にしてくれたんだよ。コージのおかげだよ！」

アデルの言葉に、今までお世話になった人たちの顔が脳裏に蘇った。

みんな、本当によくしてくれた。でもそれは、幼い子どもが旅をしているからで……俺たちが力を合わせていたからで。

なんか大きなものが体の奥底からぶわって湧いてきて、もうわけがわからないまま、俺はアデルとナリスを抱きしめて、アデルもナリスも俺にしがみついて、俺たち三人はしばらく抱きあって泣いていた。

で、落ち着いてきたら、目の前に飲み物が置かれていて、大司教様が優しいまなざしで俺たちを見ていた。

うわっ、なにこれ、めちゃくちゃ恥ずかしいっ。

俺、二十二にもなって、人前で大泣きして、なにやってるんだよ。

「すみません、お忙しいのに、押しかけてきて、勝手に泣いて騒いじゃって。でも、ずっと不安だったんです。ピノと一緒に旅をすることが正しいのかどうか、迷いながらだったから」

「大事な仲間だからね。得体の知れない存在だというのに、仲間だからと大事にする気持ちが温かくて、とてもいいね。君たちの旅が無事に終えられることを祈っているよ」

「ありがとうございます！」

「ピノからもらった羽毛と血液は非常にありがたく、とても参考になると思う。もしなにかわかったら、君たちに伝えるようにするよ」

スマホとか携帯電話がなくて見つけられる？

俺の疑問は顔に出ていたようで、大司教様は笑った。

「そちらの聖獣の気配を辿ればすぐだ」

突然、頭上からバサリと音がして、鷹のような鳥が大司教様の肩にとまった。

聖獣同士なら容易ってことか。

「わかりました。協力いただき、ありがとうございました」

立ち上がって礼をして、俺たちは部屋をあとにした。その際、大司教様がすっごい優しいまなざしをしていたのが印象的だった。

あのまなざしで張り詰めていた俺の緊張感が緩んだんだろうな。いい年して人前で泣いてしまったけど、おかげでスッキリして、気分爽快だ。

　ここに来て、よかった。

　大聖堂を出て、昼メシを取るために近くの店に入った。そこでおのおの食べたいものを頼み、一息つく。

「ねえ、コージ」

「ん？」

「さっきの、僕が頼りないって件だけど」

「さっきの、俺が頼りないって件のことか？」

「え？　違うよ。僕が頼りないって件だよ」

「だから、俺が頼りないって件のことだろ？」

「コージは頼りなくなんてなくて、僕が頼りないんだよ」

「アデルはすげぇ頼りになるのに、俺がぜんぜん頼りないって話だろ？」

「コージは……ん、ぷっ、あははははっ」

　アデルが腹を抱えて笑いだしたので、それまでなにも言わずにジュースを飲んでいたナリスが目を丸くしている。

「じゃあ、僕とコージがお互いに頼りない件のことなんだけどさ。だからいっぱいいっぱい協力しあおうって言いたかったんだ」

アデルはいい子だなぁ。

「俺が自分一人で抱え込んでしまっていたから、心配してくれてたんだよな。ありがとう」

アデルがブンブンと激しくかぶりを振る。その気遣いが胸の深いところにまで沁み込んでくる。

「俺さ、アデルのこと、めちゃくちゃ頼りにしてるんだ。しすぎるから、これじゃダメだって思っていたんだ。俺なんかより遥かに小さい子どもに頼ったらいけないって。でも、これからは弱音も含めて頼らせてもらうよ」

素直な気持ちでそう言うと、アデルの顔がぱぁっと弾けて明るくなった。目もキラキラと輝いている。

「うん！」

「ぼくもぅ！　たよるぅ！」

「そうだな。ナリスもだ」

「はい！」

『僕が一番頼りになるんだけどさぁ』

なんか言ってるヤツがいるよ。でも、それは確かにそうだ。

「パウパウが一番頼りになるな。聖獣とか魔獣の話は俺にはぜんっぜんだから」

『そーでしょ』

『ピヨ！』

なかなか良いパーティーだと思う。たぶん。

「ところで、今日はナリスの四歳の誕生日だから、夜はパーッと祝いたいんだけど、ナリスが食べたいって店を探そうと思う」

「ぼくぅ、コージぃのごはんがいい」

「え！　せっかくの誕生日なんだからうまい店にしようよ。プロの料理とか、いいだろう？」

「コージぃのキャンプめしが、いっちばん、おーいしーいっ！　ねぇ！」

ナリスがアデルとパウパウに顔を向けて同意を求めると、アデルは笑顔で頷き、パウパウは……

『僕もコージのキャンプ飯がいいよ。それにお店だとジロジロ見られて落ち着かない』

確かに今も、聖獣がいる～みたいな顔をして、こっちを見ている人がけっこういる。

「食材を買って、いつも通りのキャンプ飯にしようよ」

「するぅーー」

「みんながそう言うなら、俺はいいけど」

ということで、観光しながら誕生日パーティー用の食材を買って、テントを張れる場所を探す。街のはずれに森林公園みたいな場所があったので、そこに決めた。

テントはアデルたちに任せて俺は石の囲炉裏を作る。今日は大きめにした。ナリスの誕生日だから豪華にいきたいんだけど、調理道具に限界があるから。

石の囲炉裏ができたので料理に入ろうとしたら、アデルたちも終えたようでやってきた。

「てつだう！」

「それはうれしいけど、ナリスは主役だから見ててくれていいよ」

言うと、ナリスはブンブンと激しく顔を左右に振った。

「てつだう。コージィのてつだいする！」

「じゃあ、お願いしようかな。アデルが切った食材を鍋にドンドン放り込んでいく。いい？」

「はい！」

「アデルはそこの野菜とベーコンをダイスに切ってほしいんだけど、タマネギ一個はみじん切りにして。あ、ベーコンは大きめと小さめの二種類で頼む」

「了解」

アデルが、キャベツ、タマネギ、ニンジン、ジャガイモ、トマトをダイス型に切っていく。水を張った鍋にナリスが切った野菜を投入する。

その間に俺は米を研ぎ、温めておいたフライパンに入れて炒める。

透明になってきたら、みじん切りのタマネギと小さめに切られたベーコンを加える。

火が入ったら、味つけをして、水を三回に分けて入れて蓋をする。

あとは炊いて蒸すだけだ。

スープのほうも具が柔らかくなったら味つけをして終わり。

「アデル、こっちの野菜は焼いてサラダにするから、大きめで」

「わかった」

ズッキーニ、ナス、カボチャ、アスパラを大きめにカットしてもらう。薄切り肉は五センチくらいかな。

その横で、俺はホワイトソース作りに入る。

フライパンにバターと小麦粉を入れて焼き、少しずつ牛乳を垂らして練っていく。

ある程度滑らかになったら多めに加えて濃度を調整して、冷めない程度に脇に置いておく。グツグツとマグマみたいになっているのを、ナリスが興味深げに眺めている姿がかわいい。

米の様子を見たら充分ふっくらしてきたので、この上にさっき作ったホワイトソースをかけ、さらにチーズをまぶして蓋を閉めて、その上に真っ赤になった炭を多めに載せる。

上から炭の熱で焼かれ、チーズに焦げ目がつくんだ。

デザートは焼きリンゴだけど、それは食べ終わってからだな。

最後に焼き野菜だ。

網の上に野菜と薄切り肉を並べる。焦がさないように気をつけながらひっくり返し、火が入ったら終わりだ。軽く塩コショウを振って味つけして完成だ。

「よし、できた。スープと野菜を取り分けるから、回してくれ」

はーい、と元気な三つの返事。

具沢山のスープ、肉と野菜のサラダを配る。全員に行き届いたら、ナリスの誕生日パーティーのスタートだ。

「ナリス、四歳の誕生日。おめでとう！」

「おめでとう！」

『おめでとう』

『ピヨ！』

ナリスの顔がふわってうれしそうに緩む。

「ありがとうございますっ。がんばりますっ」

「なにを頑張るんだよ」

アデルがすかさずツッコミを入れる。

「いろいろ！」

「いろいろ頑張るのか、頼もしい」

「はい！」

わははっと笑い声が上がった。それからみんなで、いただきますを言って食べ始めた。

「おいしぃ〜」

「トマトが爽やかだもんな」

アデルとナリスが互いを見て頷きあっている。

まだみんなが具沢山のスープを食べている間に、俺は次に取りかかる。

鍋上に載せている炭を取り除いて、蓋を取った。

「うわぁ〜！」

と、歓喜が上がった。

チーズが溶け、所々芳ばしい焦げ目がついている。スプーンでよそうと、ホワイトソースとチーズがとろーんととろける。

ドリアの完成だ。

「おいしそー」

「ゆげがぶわっとなったぁ」

チーズに焦げ目をつけるためだけど、上から熱が加わるからな。

「さぁさぁ、食べて食べて」

『あっつ！』

パウパウが顔をブルブルさせている。

「慌てなくていいって」

アデルとナリスはふーふーしながら食べ始める。その瞬間、目がキラン！　と輝いた。

「グラタンとまた違うね」

「おーーいしーーーっ。ソースとろとろ～」

ドリア、うまいよなぁ。ごはんだから腹持ちもいいし。

とはいえ、俺はラザニアも好きなんだけど。

具沢山のスープ、肉入りたっぷり焼き野菜、ドリア、これだけで腹いっぱいになった。

最後は焼きリンゴのデザートだ。

フライパンに多めのバターを入れ、八等分したリンゴをきれいに並べる。砂糖をまんべんなく軽く振って、きつね色になるまで触らずに焼く。四、五分くらいかな。

ひっくり返してまた焼く。うっすら焦げ目がついたら終わり。このままでもいいけど、少しだけ風味づけに蜂蜜を垂らしたら尚良しだ。

「できたぞー。デザートだ」

皿に取り分けたらさっそく二人と一匹がかぶりついている。

「甘酸っぱくておいしい！」

「あまーい」

『温かいリンゴ、うまうま』

好評でよかった。ここにバニラアイスがあったら、もっと喜んでくれただろうな。それがちょっと残念。

みんなで、うまいうまいと言いながら、全部ぺろりと平らげた。

ちなみにピノに関しては、キャベツと米をやっている。うれしそうにピヨピヨ言いながら食べてるけど、体の大きさもさることながら食べる量も変わらないかな。

「おなかいっぱい！」

「おいしかったよ。僕、ドリア気に入った。ピラフもおいしいけど、クリームソースがかかってるの、すごくおいしい。あ、あと、チーズも」

「アデルはクリーム系好きだな」

「そうかな。そうだね、クリームソース好きだよ」

「ナリスも！」

「お前はなんでも好きだろ」

「はい！」

賑やかで、明るくて、楽しい。

早くファイザリー王国に連れて行かなきゃって思う反面、このジワジワくる幸せをいつまでも味わっていたいって気持ちも起きてくる。

「おしろにかえるころにはぁ、ピノのしょうたいもわかるかなぁ」

「どうだろうな。ピノ、ぜんぜん成長している感じしないから」

「そーなのぉ？」

「だって大きさが変わらないじゃないか。まぁ、まだ卵から孵って二週間くらいしか経ってないけど」

「そっかぁ」

二人も同じことを考えているんだな。

片づけながら眺めていると二人が急に俺の顔をじっと見つめ、俺の手から食器を取りあげた。

「片づけは僕たちがやるから、コージは休憩しててよ」

「ナリスたち、やるっ」

「ええ、いいよ」

「僕たちにさせてほしいんだ」

「……そうなの？　でも、なんか手持ち無沙汰になるんだけどなぁ」

「だったらピノと遊んできてよ。ほら、ピノも望んでいるよ」

言われて見てみると、足にピノがくっついていて、顔をスリスリしている。

「散歩とか、いいんじゃない？」

「ピノと？」

「ピノもたまにはコージを独り占めしたいと思うんだ。ねっ」

『ピヨーー』

めっちゃ喜んでるな。

「じゃあ、お言葉に甘えて」

ピノもそうだけど、二人の好意も無下にしたくない。子どもの前でみっともない姿をさらしてしまって、ホント、恥ずかしい。しかもそれによって二人に気を遣わせるって。だからって頑なに拒んだら、傷つけてしまうだろうし。

『ピヨピヨ』

魔獣だったら人の言葉は話さない、だけど足を見たら、氷竜というドラゴン種の可能性が高い。成長したら、聖獣か魔獣か、どっちに寄るか。

ナリスとパウパウが拾ってきた卵が、そんなにレアな存在だったとは……ホントかなぁ。俄《にわか》に信じがたいけど。

『コージ』

あ、巨大化してなくてもしゃべった！

「お前、俺の名前以外、言える？」

『コージ』

ムリなのか。

「大きくなれる？」

『コージ』

俺の言ってること、理解できないのかな？

『コージ』

と、思ったら、ぶわってデカくなった！

『コージ』

だけどすぐに、ぷしゅ～って元のサイズに戻った。

「お前、面白いな。俺の名前が言えて、体の大きさを一時的に大きくできるようになったってことは、ちょっとずつでも成長しているってことかな？」

思ったのは、黄色の体で水かきがあるってところからアヒルビジュ系に成長したらかわいいけど、ヒヨコモードで成長してニワトリビジュ系になったら、ちょっと顔とか怖くない？

氷竜ってことで、顔が竜モードになっても怖いぞ。

うわっ、聖獣か魔獣かってこと以上に、ビジュアルが気になる！　かわいいままでいてほしい。

『コージ』

「わかったわかった。みんなのところに戻ろう」

周辺を一回りしてアデルたちのもとに戻ったら、パウパウが目を丸くしていた。

「どうした？」

『魔力の気配がした。ピノが使った？』

「俺の名前を呼んで、一瞬だけど大きくなった。この二つは操れるようだけど、それ以外はぜんぜん」

『成長とともに魔力が現れてくるのかもしれない。大司教の言葉は正しいみたいだ。だったら、検査の結果が出たら、もっとわかるかも』

そういえば、そういう約束をしたっけな。まぁ、俺は別に結果は気にならないけど。俺になついてくれるピノであればそれでいい。

「コージ、寝ようよ」

「ねむー」

「そうだな。しっかり寝て、また明日からファイザリー王国目指してたくさん歩かないとな」

「うん」

「ナリスもがんばるぅ」

「お前はパウパウの背中に乗ってるくせに。ホントに調子いいんだから」

「えーー、にーたま、きっつい」

気候がよくて風が心地いい。テントに入らず、パウパウの腹にナリス、俺、俺の脇にピノ、アデルの順番で並んで寝転がった。

星がきれいだ。

「コージぃ、おやすみぃ」

「おやすみなさい」

「ああ、おやすみ」

『おやすみ～』

『ピヨ！』

星を眺めながら、俺たちは心地いい眠りについたのだった。

旅はまだまだ続く。

おわり

コスミック文庫α

やんちゃな異世界王子《いせかいおうじ》たちとアウトドアでキャンプ飯《めし》！2

2024年5月1日　初版発行

【著者】　朝陽《あさひ》ゆりね
【発行人】　佐藤広野
【発行】　株式会社コスミック出版
〒154-0002　東京都世田谷区下馬 6-15-4
【お問い合わせ】 ─営業部─ TEL 03(5432)7084　FAX 03(5432)7088
─編集部─ TEL 03(5432)7086　FAX 03(5432)7090
【ホームページ】 https://www.cosmicpub.com/
【振替口座】 00110-8-611382
【印刷／製本】 中央精版印刷株式会社

ISBN978-4-7747-6555-6 C0193